LES DERNIERS JOURS
DES ROIS

# 王たちの最期の日々 上

パトリス・ゲニフェイ 編
*Patrice Gueniffey*

神田順子／谷口きみ子 訳
*Junko Kanda　Kimiko Taniguchi*

原書房

# 王たちの最期の日々◆上

# 王たちの最期の日々◆下・目次

まえがき

# 死の床の儀式

最近、ある週刊誌が「君主制は決して死滅しない」をタイトルとする悲観的な記事を掲載した[1]。たしかに、君主制は滅びていない。一徹な共和主義者は気に入らないかもしれないが、君主制はいまや、現代社会に襲いかかる危機や激動に対抗する結束や統一のファクターであると思われる。とくに欧州においては。件のタイトルはむろんのこと、有名な「国王崩御、(新)国王万歳!」を下敷きにしている。フランスの国王が亡くなると唱えられたこの言葉が意味するのは、国王が死んでも君主制は消滅しない、後継者をとおしてただちによみがえるので生きのびる、ということだ。しかし、過去二世紀が証明するように、君主制も死に絶えることがある。現存している王国とて、もっぱらみずからの長所ゆえに生命を保っているというより、大半の共和国がおちいっている疲弊した状況から漁夫の利を得ている。

国王その人はどうかといえば、当然ながら、彼らも凡人と同じく死をまぬがれることができない。国王の死は千差万別だ。穏やかな死もあれば、おそろしい死もある。七二歳のカール大帝［フランスでのよび名はシャルルマーニュ］は風邪をひいて数日後に亡くなった。ルイ一四世は壊疽にむしばまれて長い苦しみを嘗めたすえに死を迎えた。非業の死をとげた王もいる。アンリ三世とその後継者であるアンリ四世は刺殺され、ルイ一六世は断頭台の露と消え、もっと前の時代のアンリ二世は馬上槍試合での負傷がもとで亡くなった。アンリ二世がよい例だが、愚かしい死もある。亀をたたき割って食べようとした鷲に禿頭を石とまちがえられ、鷲が落とした亀の直撃を受けた古代ギリシアの大詩人アイスキュロスのような死に方をした王はいなくとも、戸口が小さかった時代に開口部の高さを見誤ったためにルイ三世は額を鴨居にしたたかにぶつけて死にいたり（八八二年）、シャルル八世も一四九八年に同じ事故で死んだ。

しかしながら、余人とどこか違わなければ王は王たりえない。本書が明らかにするように、死が王にいくつかの特権をあたえているのは事実だ。王に対して死はどちらかといえば好意的に、辛抱強くふるまう。われわれの多くは沈黙のうちに死ぬ。心臓の働きがおかしくなり、脳の整合性がくずれる。われわれはうめき声をあげ、聞きとれない言葉をもごもごと口にする。昏睡状態におちいることが多い。まだ生きているが、もう死んだも同然だ。王の場合は、その高貴な身分ゆえかそういった経過はたどらない。刺されても、壊疽にむしばまれても、鴨居に頭をぶつけても、王は舞台上の役者のように死ぬ。すなわち語りながら。彼らには、統治の最後の盛大な儀式、すなわち正しく死を迎える儀式に身をささげる時間があたえられるのだ。死にゆく王は饒舌である。ときには急がねばならないが、彼らは人々に話を聞いてもらえる。王は舞台からの退場を失敗しないように心を砕く。罪を告解し、終油の秘跡を受けたのちに身辺整理を指示し、後継者に最後の教えをたれ、ときには、なしとげようと心に誓ったこと、王国の威信と臣民の幸福のためにやるべきだったことを完遂できなかった後悔や自責の念を表明する。以上の手続きをふみ、言うべきことを口にしたのち、いよいよ観客席に向かってお辞儀をするときとなる。幕がおりると観客は立ちさる。「国王崩御、(新)国王万歳!」

居あわせた人々が伝えているこうした立派な死に方は、一定の型にはまった伝承であるのは確かだ。王の死は模範的であるべきだ、それゆえ教訓的であらねばとの意思が働いている。

懐疑的な人々が、瀕死の王たちが支離滅裂なうわごとをつぶやくことも、苦しみに身をよじることも、迫りくる死に抑えきれない恐怖をおぼえることもないのは信じがたい、と疑うのはむりもない。しかし、伝えられる話がすべて虚偽だとみなすことはまちがいだろう。結局のところ、臨終の王はのがれられない死の瞬間や自分の魂の不死の問題だけでなく、自身と自分の統治が後世に残すイメージのことも考えていたのだ。正しく死ぬことは、自分の作品や肖像画を完成させる手段、後世が自分にくだす評価に影響をあたえる手段でもあるのだ。最後が、作品に冠をいただかせる(*Finis coronat opus*)。すなわち、ルイ一六世は、その統治というより、その死によって偉大になったといえないだろうか?

くわえて、死は深刻な事態だ。すくなくとも、死がいたるところに存在して、生者たちの視線から死をおおい隠そうとしなかった過去何百年ものあいだ、死は深刻きわまりなかった。生命が終わったあとにはじまるとだれもが考えていた不死を享受できることを望みつつ、人々は自分の死を準備したのだ。王たちは第一にキリスト教徒として死ぬ。そのときが来れば、最後の戦いにのぞむ。これは生涯でもっともおごそかな戦いであり、「キリストの兵士にとってその結果は、勝てば永遠の勝利、負ければ永遠の不名誉となる」（エラスムス）のだ。王たちは死にのぞんで勇敢、沈着であるべきで、「キリストをすてさる」（エラスムス）のではなく、この世の栄誉をすてさらねばならない。彼らにとって死は謙虚の実践であり、罪を告白し、唯一の価値ある支配、すなわち神の支配を認めるときである。これこそ、神聖ローマ皇帝カール五世の最期が長年にわたって人々の心をあれほどまでにとらえた理由である。カール五世が退位したのは、権力にともなう栄耀栄華の誇示を放棄し、キリスト教徒として死を迎えるためだった。

　一七〇二年にグレゴリオ・レティ［イタリア出身の歴史家］は次のように記している。「ほんのわずかな土地すら自分のために残すことなく、あれほど多くの領土や海洋の支配と統治を放棄したこの皇帝［カール五世］の魂の偉大さを考えると、くわえて、変わることなく忍耐心をもって［退位後に］修道士に交じって孤独な生活を二年間送り、その間に自身に打ち勝ってあらゆる勝利のなかでももっとも偉大な勝利をあげたことを真剣に考えると、そして、彼が死に不意をつかれるどころか堂々と死を待ち、死と慣れ親しんだすえに迎えたその最期を、適切かつ注意深く考察するならば、（中略）もしこうしたことすべてを正しく吟味するならば、皇帝カールは軽々に退位したのではなく、まことに英雄的でキリスト教徒にふさわしい決断に導かれて退位したのだと結論せざるをえない、これは本当だ[2]」

　むろんのこと、正しく死のうと心にかけるのは王だけの特権ではないが、王たちはこのことにだれよりも心を砕いた。全員が、もしくはほぼ全員が、この死の儀式が求める条件にこたえようと身をささげた。君主制は、生物学的サイクルに従う唯一の政治体制である。誕生、生殖、そして死は重要なステップである。あらゆる機能不全は重大な危機の原因となりうる。狂気にとりつかれた王、子どもをもてない王、未成年の王等々の出来（しゅったい）は、王位を狙う邪心をかきたて、昔の恨みをよびさまし、敵国の野心を焚（た）きつける機会となる。そしてフランス王家は長い歳月のあいだ、そらおそろしい敵をかかえていた。国外では、ローマ教皇とドイツ皇帝がフランス国王の主権に異議を唱えた。教皇は神の代理人として、皇帝はローマ帝国の後継者として。国内にかんしていえば、カペー朝初期の王たちはフランス国内で最大の勢力をつねに誇っていたわけではない。ゆえに、国王代替（だいが）わりのあやうい時期は用心を重ねても重ねすぎることはなかった。ジャック・バンヴィルが述べるように、当時のフランス人は武器をとることを躊躇せず、現代のフランス人以上に御（ぎょ）しがたかっただけになおさらである[3]。

フランスでは早い時期に、国王は神と特権的な関係を結んでいるとみなされるようになった。これは本当だ。時代をさかのぼればさかのぼるほど、教会による聖別［王の場合、聖香油を塗油されることで神聖な存在だと認められる］は王の権威を安泰にすることに効果があった。とはいえ当時でさえ、司教たちの篤い支持を得ても、抵抗にあわずに王の権威を認めさせることはむずかしかった。

哲学者アランは、根っからの共和主義者であったものの、たった一人の人間が国を治める君主制にどこか「自然な」ところ[4]があると認めていた。もともと「自然な」政治体制は一つも存在しないが、いずれの体制も長く続けば、不可侵であるとの印象をあたえることができる。社会の光景に溶けこんでしまえば、どのような状況で誕生したのかを忘れてもらえるし、ほかの政治体制に置き換えようと思う人間はいなくなり、国民は慣れてしまう。しっかりと根を下ろした政治体制は新体制と比べて力を誇示する必要がないのでなおさらだ。権力は継続することによって、人工的な制度だということが忘れられ、その起源は人々の記憶がおよばない太古にさかのぼるのでこれからも続くにちがいない、と受けとめられるようになり、オーラを獲得する。しかしながら、続いているだけでは「自然」でないものを「自然」なものへと変えることはできない。政治体制の正統性は、もともとそなわっている美質ではなく歴史の結実なのだ。

フランスの王政は千年の時をかけてフランスに根づいたので、一七八九年の革命勃発当初、さらには国王一家が国外逃亡をはかってヴァレンヌで逮捕された一七九一年の段階であっても、フランスに本物の共和主義者はほんのひとにぎりしかいなかった。しかし、一年後、一〇世紀続いたフランスの君主制は瓦解した。

その終焉は唐突であったが、その誕生は辛苦に満ちていた。たとえば、九世紀、カロリング家の人間はカール大帝［シャルルマーニュ］の衣鉢を継ぐ技量に欠けるとわかると、同じ血を引く者が代々王位につくという原則によこやりが入った。そこで、王は聖俗諸侯会議で選定されるようになり、その権威は弱まり、フランス各地を分割支配する数多くの有力者に地位を脅かされた[5]。「一〇世紀のぞっとするような混沌」のなか、ユーグ・カペーも選定されて王となり、息子ロベールの継承権を擁護するのに苦労した。いまは例外的な状況であると主張し、王子が王権行使に「参与する」ことを聖俗大諸侯会議になんとか認めさせた。すなわち、「王冠を現にいただいている王」が生前に「指名される［次の］王」を選んだのだ。諸侯会議による国王選定の慣習が葬りさられることがないままに、この「参与」の手続きがその後二世紀も必要とされたことは、カペー王権がいかに脆弱であったかを物語っている。しかも、運に助けられなかったら、カペー朝の試みは挫折したことだろう。一三一六年まで、すなわち三世紀以上もの長きにわたり、カペーの代々の王は全員、男子の後継者に権力を引き渡すことができたのは幸運だった。しかし、不安でたまらなかったため、「参与」の手続きにくわえ、王の聖別式［聖香油を塗油することで新王をある種の救世主（メシア）として教会が認知する儀式］も前倒しで挙行した。まだ自身が健在のうちに、後継者は「指名」されただけなく、神からも選ばれたのだ、と皆の目に映るようにと心を砕いたのだ。こうした巧妙な手続きが放棄されるのは、尊厳王とよばれたフィリップ二世の時代になってのことだった。フィリップ二世が一二二三年に亡くなると、後継者であるルイ八世はそういった手続き抜きで王位につく。血筋による王位継承の原則がすでに確立していたからだ。これ以降一八世紀にいたるまで、昔はフランスの国王は諸侯によって選定されていたことなど、ほぼ全員が忘れることになる。

王権継承システムのもう一つの重要な要素、すなわち長子継承も時間をかけて定着した制度である。メロヴィング朝もカロリング朝も民間の法律の原則を適用して王国を一種の相続財産とみなしており、複数の相続人が王国を分割して継承することが何度もあった。八四三年のヴェルダン条約によるフランク王国分割が惨憺（さんたん）たる結果をもたらしたことにより、長子継承が不可欠だとの認識が生まれた。長子継承の原則は一〇〇〇年ごろに確立したが、これは血筋による継承よりもある意味で決定的に重要な影響をもたらした。息子がいない場合は、玉つき式の権利移譲により孫息子や曾孫息子が祖父もしくは曾祖父の跡継ぎになることが早い時期に決められた。しかし、王権継承システムがフランス特有の形をとって最終的に固まるまでには、女性君主、女系継承を認めるべきかという仮想の問いに答えを出す必要があった。

ようやく答えが出たのは、人々が現実としてこの問題にはじめて直面した一四世紀になってのことだった。一三一六年と一三二八年に王権継承の危機がおとずれて百年戦争をひき起こしたすえに、とにもかくにも二つの原則が確立した。（宗教的および政治的理由で）女子を継承から除外し、故王の娘を介しての男子の相続人も除外する、と定まったのだ。男系による継承、女系の排除という二つのルールから、三つの目の原則が引き出された。長子後継者の系統がとだえれば、いちばん近い傍系が自動的に王位につく、という原則である。カペー朝が三世紀におよぶ王位継承をへて正統性を獲得するにいたるまでの苦労がいかなるものであったかを考えると、傍系による継承という事態が起きるのを人々がどれほどおそれていたかは容易に想像できる。理屈を考え出すのが得意な法学者たちは、王権にかかわるこの新たな公法は正当であると擁護するため、その淵源（えんげん）をローマ帝国が崩壊したときにソンム川やムーズ川の近くのどこかに定着したサリ族（フランク人の支族）の掟に求めた。しかし、やがて「サリカ法」とよばれることになるこの決まりをもってしても、王朝の実質的な交替は大きな危険をはらんでいた。それでも、ヴァロワ家のフィリップ六世は一三二八年、カペー朝直系の最後の王シャルル四世の死にともない、問題なく王位を手にすることができた。端麗王とよばれたシャルル四世は男子の後継者をもてなかったからだ。フィリップ六世以外の選択肢といえば、イングランド王エドワード三世しかいなかった。また、一五一五年に即位したフランソワ一世も直系ではなかった。先代ルイ一二世の従兄の息子であることが、フランソワ一世が後継者となった理由である。ルイ一二世の娘婿であることが決め手ではなかった。そして一五八九年、ヴァロワ朝最後の国王アンリ三世の跡を継いだのはブルボン朝の始祖となるアンリ四世（ナバラ国王としてはエンリケ三世。フランス語でのよび名はナバラ王アンリ）であったが、アンリ三世とアンリ四世の血のつながりは、ルイ一二世とフランソワ一世の血のつながりと比べてさらに薄いものであった[6]。

　王位継承権にかんするこのような規則は、一六世紀に国王はカトリック信仰を奉じなければならないという義務がくわわって集大成され、これがはかりしれない結果をもたらす。王権は一つの家族の私有財産ではなくなり、一つの威信、一つの官職、すなわち法律によってあたえられ法律の定めにしたがって行使される職務となったのだ。国王は自分の王国の最高官吏、最高法官、「国家」とよばれはじめたものに使える第一の僕（しもべ）となったのだ。君主の行動の自由はこれによってかなり制限された。故人となった父王の相続人としてではなく、法的な裏づけがある正統な後継者として権力を手にするのだから、王位を拒絶することも、王権を私有財産のように自由に処理することも、継承の順番を変えることもできなくなった。愛妾モンテスパン夫人とのあいだに生まれた子どもたちを認知したルイ一四世は、自分の嫡子の系統がとだえた場合は認知された庶子が王位継承権をもつと宣言し、摂政会議にも庶子を参加させることを決めたが、パリ高等法院は国王の遺言状を無効とし、直系として即位した幼いルイ一五世に、「（王権が国王に帰属するのは）国家の安寧と救済のみを目的としているからであり、国家のみが王権を裁量する権限をもつ」と言わせた。

　ルイ一五世の曾祖父であるルイ一四世が死のまぎわに「わたしは逝（ゆ）くが、国家はこれからも存続する」と述べたのは、彼が言ったとされる「朕（ちん）は国家なり」の絶対王権思想からかけ離れた、王権の二重性にかんする法律論を簡潔に要約したにすぎない。フランスの王権は、永続的である政治的な体

（国家）と、いずれは死ぬ運命にある自然な体（国王）の二つで構成されているのだ。前者は変容することなく、命にかぎりあるゆえに次々に交代する端役である国王をとおして存続する[7]。国王の二つの体というこの理論を、法学者たちは、「国王崩御、（新）国王万歳！」や「*dignitas non moritur*（権威は死滅しない）」等々の言いまわしで表現した。このドクトリンを補完するものとして、即刻の王位継承の原則である「死者が残すものは手続き不要で生者に引き継がれる」もつけくわえるべきだろう。先王が亡くなった瞬間に、新王は王権をあますことなく掌握するのだ。そうなると、君主制がはじまってからの数世紀においては非常に重要な意味をもち、国王の権威を高めるのに役立っていた王の聖別式は演じるべき役割を失った。あるとすれば、継承の規則に全面的に依拠している王権の正統性を確認する役割である。王になるのにそうした聖別式はまったく必要ない。ランス大聖堂での王の聖別式は、聖香油で王の権威に彩りをそえ、威光を補足するにすぎない。

以上が、数世紀をかけて整えられた規則の結実である。一六世紀に最終的な形が定まるこの規則は、一五世紀にその一部が決まったが、そのほかはずっと昔に、ときどきに出来（しゅったい）する事態に応じて採用された。必要性が法律を編ませたのだ。時代をへるごとに充実し巧緻となる一連の掟（おきて）を整えたおかげでフランスの王制は一六世紀の宗教戦争の苛烈な試練をのりこえることができたのだが、それでも国王の死が体制の安定をゆるがしかねないことに変わりはなかった。アンリ二世の不慮の死のあと、シャルル九世が未成年であった時期、アンリ三世の暗殺後の時期、いずれも幼かったルイ一四世ついでルイ一五世の即位後の時期にみられた事態である。

ゆえに、国王のいずれにとっても正しく死ぬことは、こうした不安定な世情をあらかじめ封じ、王権の二つの体の根本的な違いをはっきりさせ、自分が死んでも混乱が起きぬようにするための手段の一つであった。いずれ死ぬ運命にある生身の人間でありながら常人とは異なる国王は、キリスト教徒としてこの世を去る準備をした。その一方で、国王が自分の相続人にというより後継者にあたえる最後の忠告はまさに、「決して死ぬことがない国家」の継続性を物語っていた。しかし、これで終わりではない。没した国王の遺骸は、政治秩序の基盤である原則を葬儀において実体化する好機を提供したからだ。国王の葬儀は豪華だから荘厳だからというよりも、国王の尊厳と同じくらいに（もしくはそれ以上に）王権の政治的な体（＝国家）の尊厳をたたえるアレゴリーやシンボルの数が多いことで注目に値する。

国王の葬儀の絶頂期は、一四二二年のシャルル六世の葬儀から一六一〇年のアンリ四世の葬儀までであった。国王の死にはじまる一連のしきたりは、サン・ドゥニ大聖堂への埋葬で終わった。かつては防腐処置がほどこされた遺骸が展示されたが（スペイン国王の遺骸とは異なり、「腐敗の場所」に投げこまれることはなかった［スペイン王家の墓所があるエル・エスコリアル修道院では、遺骸は特定の部屋に数年間放置されたあとに石棺に納められた］）、故人に似せてきざまれた肖像が遺骸のかわりをつとめるようになった。人々はこの肖像に敬意をはらい、食事を捧げた。まるで故人がまだ生きているかのように。他方、先代が息を引きとった瞬間に王権を引き継ぎ、すでに統治を開始し、国務会議の裁決、勅令、王令に署名している新国王は、だれにも姿を見られぬように気をつかった。故人の肖像が、いまでも権力を託されているかのように見せかけたのだ。これは、国王の二つの体という理解しがたい法律上のフィクションを具現化し、王権と国家の永続性という概念を、いってみれば「実体化」する手段であった。葬儀の当日も肖像は登場し、遺体安置台のあとについてパリの町中を練り歩いた。肖像は、王権の政治的な体（こちらは不死である）の象徴として、王権の自然な体（命にかぎりがある体）の葬列にこうしてつきそったのち、ノートルダム寺院における葬儀ミサのあいだは棺の上に置かれた。サン・ドゥニで埋葬が行なわれるときとなって、ついに肖像は姿を消し、棺の上には王冠、笏（しゃく）、正義の手［国王の司法権を象徴する笏］といった王権の象徴が置かれる。それもつかのま、式部官が「国王崩御！」、一瞬の間を置いて「国王万歳！」と叫ぶ。こうして王権は灰からよみがえり、後継者は死んだ王に全面的に置き換わることになる[8]。

一六一〇年、アンリ四世も墓まで自身の肖像につきそわれた。しかし、この肖像はもはや、ほぼ放棄されたしきたりの名残でしかなかった。肖像はもはや死んだ王のかわりでも、生きている新王のかわりでもなかった。後継者である若いルイ一三世は、アンリの死の数時間後に公衆の前に登場し、パリ高等法院で親裁座を開催していた。ルイ一三世自身が亡くなったときは、ルネサンス時代の葬儀の流儀を思い出す人はもはや一人もいなかった。そして、どちらも五歳で王位についたルイ一四世もルイ一五世も、王としての公的な務めをはじめて果たしたのは、先代の死後すぐのことであり、王の聖別式も戴冠もまだであった。アンリ四世が亡くなった年に法学者ロワゾーが述べた箴言（「亡くなった王が口を閉じた瞬間に、後継者は完璧な王となる」）は、だれからも否定されないルールとなっていた。国家の継続性を表明するのに肖像をかつぎ出す必要はなくなっていた。やがて、国王の葬儀そのものも重要性を失う。ルイ一四世もルイ一五世も壮麗な弔いの対象とはならなかった。

しかし、一つだけ存続したことがある。国家とその尊厳を体現してきた国王たちの、ほぼ千年の歴史があるお手本に可能なかぎり倣って死にたい、という思いである。キリスト教徒として死を迎え、これまで担ってきた現世の権勢を放棄するための宗教上の務めを果たし、後継者と自分に仕えた者たちや臣民になにかを言い残す、これが正しい死に方であった。

先に述べたように、大半の国王は死にぎわに雄弁であった。そうではなかった者の一人は、アンシャン・レジーム［フランス革命前の政治・経済・社会体制］最後の君主であった。この君主、すなわちルイ一六世とて、死のしきたりに従わなかったわけではない。囚人として留め置かれていたタンプル塔で最後まで君主の死の作法に従うべく準備をかさね、処刑当日は断頭台の上でふたたび自分の無実を訴え、自分を死刑に処す者たちを赦すと叫んだものの、その声は鳴り響く太鼓の音でかき消されてしまった。君主制は沈黙のうちに消滅した。詩人アポリネールは次のように謳っている。「未来の人々よ、わたしのことを思い出しておくれ／わたしは王たちが終焉を迎えていた時代を生きた／彼らは順番が来ると沈黙のうちに悲しく死んでいった」[9]。これで、王の死のしきたりはほんとうに終わりとなったのだろうか？　一八二四年、在位中に死んだ最後の国王であるルイ一八世の崩御は、王制を象徴する最後の荘厳なできごととなった。ルイ一八世はあまり言葉を発さないまま亡くなった。しかし彼を責めないでおこう。生きているうちに体が腐敗するという惨状（足の指が抜け落ちた）だったのだから。とはいえ、ルイ一八世は一人一人に言葉をかけ、敬虔というより尊厳をもって別れを告げた[10]。しかし、テュイルリー宮の前には、国王崩御の知らせを静かに待つ人垣ができた。こうした厳粛なできごとはこれで最後だ、と漠然と感じているかのように。王制はルイ一六世とともに消滅していた。ギロチンの刃は王の首とともに、国家の化身としての国王の神秘をも切り落としたのだ。シャトーブリアンが『墓の彼方からの回想』のなかで喝破しているように。「一羽の鳩が舞い降りてクロヴィス［メロヴィング朝の初代王。カトリックに改宗、四九八年にランスで戴冠した］に聖香油をもたらしたとき、蓬髪の王たちが楯の上に乗ってもちあげられたとき［フランク族の即位の儀式］、聖王ルイが王の聖別式で王権を神の栄光と国民の幸福のためだけに行使すると誓いながら、年齢に見あわぬ美徳ゆえに［一二歳であった］身を震わせたとき、パリに入城したアンリ四世がノートルダム寺院で額ずこうとしたときに一人の美少年が彼の右に立って警護しているのを人々が見て、もしくは見たと思って、この子を王の守護天使だと思ったとき、王冠は神聖であったとわたしは考える。幟は天の幕屋に安置されていた。しかし、公衆に開かれた広場で、髪を切られて背中にまわした手をしばられた一人の王が太鼓の音が鳴り響くなか、刃の下に頭を横たえてからこのかた、もう一人の王（ルイ＝フィリップ）が平民に囲まれて別の広場におもむき、やはり太鼓が鳴り響くなかで自分に投票するよう懇願してからこのかた、だれが王権にほんの少しでも幻想をいだいているであろう？　傷つけられ、穢されたこの王権が世界でまだ権威を保っているとだれが思うだろう？」。三〇年後、遠い過去のこだまのように、ルイ＝フィリップの死によって王家の歴史は閉じた。

　ルイ一八世の後も王は死んだ。しかし亡命先での死だ。シャルル一〇世［ルイ一六世の末弟］はアドリア海沿岸のゴリッツで、ルイ＝フィリップはイギリスのクレアモントの館で、そして一八八三年にはシャンボール伯［シャルル一〇世の孫で、正統ブルボン家唯一の後継者］はウィーンに近いフロースドルフで亡くなった。いずれもさびしい最期、時としては口を開くことのない最期であった。コレラに罹患したシャルル一〇世には、印象的な言葉を発する余裕がなかった。アルノー・テシエが引用しているように、ルイ＝フィリップは、自分の容態について真実を告げる勇気がない侍医に気をきかせて「わかっていますよ、侍医どの、あなたが来たのはわたしに暇（いとま）を出すためだと！」と述べたといわれる。政治的メッセージ抜きのシンプルな言葉であるが、尊厳を失うことなくこの世を去ろうとする気概は感じられる。シャンボール伯もフロースドルフで、作法どおりに死のうと腐心した。用心深かったので終油を二度も授かった。そして、いっとき小康状態となったのをさいわい、正統ブルボン家支持者のみならず、因縁のライバルであるオルレアン家の公子たちの見舞いを受けることになったのだが、面会の前に妻に次のように打ち明けた。「短時間だが、彼らに会うつもりだ。わたしはだれも恨むことなく死ぬことを知ってほしいからだ。わたしに害をなしたかもしれない人すべてに、わたしは全員を許す、と伝えておくれ[11]」。ルイ一六世の最後の言葉とほぼ同じである。しかし大伯父ルイ一六世と同じく、しかし異なる理由で、シャンボールは最後まで言葉を続けることができなかった。その場にいた一人は「病が脳に達した（ため）」と伝えている[12]。

亡命君主たちは心の奥底では自分こそが正統な君主であるとの考えを少しもすてていなかったので、彼らが先祖にならって正しく死のうと心がけたことは驚きではない。もっとも驚くべきは、こうしたしきたりが、かなり前から国王自身よりも国家の威厳を示すものに変質していたために、王制廃止の後も多少とも生き残ったことである。

わが国の二人の皇帝の亡命先における最期にも、大昔にさかのぼる王家の死の伝統はくぐもったエコーとして響いているのではないだろうか？　本書のなかで著名な歴史研究家たちが語る「王たちの最期の日々」は、政治体制や肩書きの違いを超えて、「フランスを統治した元首たちの最期の日々」

とよぶほうが正確であろう。この伝統のかすかな名残は、フランスの大統領の何人かのうちにもみられる。当然ながら、第三共和政［一八七〇―一九四〇］や第四共和政［一九四六―五八］の大統領は除外される。なかにはすぐれた資質や功績のある者もいたが、彼らは君主に近い役割を演じることができなかった。大統領に割りあてられた職務、当時の諸機構がこれを許さなかった。集合的であるべき主権が一人の人間によって体現されることが起こらぬように制度設計されていたのだ。君主制や帝政に近いところがあるとしたら、それは共和制の自己否定である、と当時のフランス人は考えていた。この二つの共和政の大統領たちはいわば無名の人として生き、死んだ。真偽のほどは定かではないが、味わい深く、その多くは容赦のない発言の数々で有名なクレマンソーは、フェリックス・フォール大統領の死を知って「虚無のなかに足をふみいれたとき、彼はわが家にいるようにくつろいだはずだ」と述べたといわれる［死をさしている虚無という言葉には無価値という意味もある。クレマンソーはフォール大統領を無能だと軽蔑していた。なお、フォール大統領は大統領府エリゼ宮で愛人と逢引きしているさなかに死んだといわれている］。

第五共和政はまったく異なる。すくなくとも一九九〇年代のなかばまでは。執政［一七九九―一八〇四］以降はじめて、集合的な主権が普通選挙で選ばれた国家元首によって体現されることになったのだ。これを共和制君主政とか君主制共和政とかよぶのはつきなみであるが、まちがってはいない。共和政は一九五八年に、続いて一九六二年にはさらにはっきりと、フランス革命時代にさかのぼる権力の非人格化の伝統と断絶した。当然ながら、昔の王制との類似点は限定的だ。第五共和政によって大きな権限をあたえられた大統領は君主よりも強大である（おそらくは、フランスの絶対君主たちと比べても大きい）が、国王ではない。国王を神秘のヴェールでつつむ神聖な側面、伝説、シンボルを欠いているからだ。それに、現代のフランスの大統領はつねに衆人環視（しゅうじんかんし）のなかで生きることも死ぬこともない。第三共和政や第四共和政の大統領と比べて人目につくことは格段に多いものの、私生活が不在というほどではない。ジョルジュ・ポンピドゥー大統領が健康問題をかかえていることは知られていたが、やがて彼の命を奪うことになる病（やまい）が公表されて国民が動揺する事態は避けられた。それどころか、病気の噂はぎりぎりまで否定された。しかし、いにしえの国王たちと同様に自分が国家を体現していることを意識していたポンピドゥーは、やはり国王たちと同じように最後まで職務をまっとうしよう、おちつきと勇気をもって病に立ち向かおうと努めた。病魔が自分の命を奪うとまでは考えていなかったにしても、国家元首としての任期を最後までつとめあげることがあやういと知らないはずはなかったが。ポンピドゥーの前任者［ドゴール］と、後継者の一人［ミッテラン］も、すでに大統領ではなかったが、自分たちの死に「王の風格」をそえた。どちらも大統領府エリゼ宮を去ってから死去するまでの期間が短かったので、比較するのは容易だ。大統領職をしりぞいたあとに長生きしてなんになろうか。デリーネイン［アイルランド］の砂丘を散歩するドゴールの姿をとらえた写真をだれが忘れようか？　宿泊先として選んだ小さなホテルで読むためにドゴールがフランスからもってきた愛読書は、祖国から遠ざけられた経験が綴られた歴史的傑作『墓の彼方からの回想』（シャトーブリアン）と『セント・ヘレナ覚え書き』（ラス・カーズ）であった。ドゴールのアイルランド滞在をテーマにした本の著者であるピエール・ジョアノンは「英雄譚（えいゆうたん）の常道として、終章が忘恩と挫折で終わったドゴール伝説［救国の英雄であるドゴールは、国民投票で信を問うたところ、否決されて大統領辞任を余儀なくされた」は、神話の高みまで引き上げられた」と述べている[13]。ドゴールに好意的とはいえないポール・モランも、ドゴールの死から一年後に「ドゴールは死に成功した。たいへんな野心家だ！」という簡潔な言葉でその最期をたたえている[14]。彼が「音楽もファンファーレもなく[15]」亡くなったのは確かだ。夫の死の寸前にドゴール夫人が耳にしたのは「あー、背中が痛む」だけだった。しかし、一九六九年のアイルランド旅行はまちがいなく、次のスペイン旅行以上に君主の威風に満ちていた。彼の葬儀とはよべないにしても、すくなくとも彼とフランスの婚礼行列であった。

このエピソードと、フランソワ・ミッテランの最期を比べることは不適切であろう[16]。大統領を二期つとめたミッテランが「正しく死ぬ」ことに専念したのは本当だとしても、彼の自分自身との長い向きあいにはどこか嘘くさいところがある。つまるところ、ミッテランの最期のエピソードの真実は、その嘘の部分にある。社会主義者であったはずなのに「もはや『精神の力』しか信じていない」との発言、始めから終わりまで政治屋であったミッテランの口から出た「『政治という些事（さじ）』から離れた」との言葉、数名の親しい友への最後の打ち明け話、聖書や聖パウロや死後の世界にかんする考察、カトリック思想家ジョゼフ・ド・メーストル［一七五三―一八二一］が聞いたら膝を打ったであろうキリスト教にかんする発言、魂の輪廻についての長談義。こうしたすべてを、最後のお目通りを求めて順番待ちに列をなす本物もしくは偽物の信奉者に少しずつ語って、相手を煙に巻いた。そしてナイル川への旅。ロシアのニコライ二世やウィンストン・チャーチルも滞在したことがあるアスワンのオールドカタラクトホテルのスイートルームでの宿泊。神聖ローマ皇帝カール五世のユステ修道院での隠棲とはかなり違う。大晦日のごちそうである牡蠣（かき）を味わいながら、スフィンクスに似てきたミッテランはゆったりと流れるナイル川を見つめていた。彼はアスワンでは死ななかった。「もうこれで十分、切り上げる」と決めると、ホスニ・ムバラク大統領に電話をかけ、パリに帰りたいと告げた。ミッテランは自宅で、終油の秘跡を授かったのちに亡くなった。その臨終はドゴールの場合と比べて簡素でなかった、とはいえない。死そのものは、栄耀だの簡素だのとかかわりがないからだ。それにしても、ドゴールは自分が歴史の部外者となったことを知っていた。すなわち、国民投票が失敗に終わったときに公人としての人生が終わったことを。そして、舞台から堂々と去る姿を皆に見せるためだけにアイルランドに渡り、その後は家族だけに見守られて亡くなった。アイルランドへの旅は、フランスへの別れのあいさつであった。この旅だけで、たった一つのイメージだけで十分であった。フランソワ・ミッテランはフランス国民に別れを告げるよりも自分に別れを告げることに熱意を燃やし、自分の人生の物語に終章を書きくわえ、すでに矛盾とパラドックスがいっぱいにつまっていたこの物語にいっそうの矛盾とパラドックスをつけたした。いずれにしろ、ミッテランの死で、君主の死の古いしきたりは、それが何世紀ものあいだ体現してきた考え——王国もしくは国家の永続性——とともに完全に消滅した。

すぐれた文章の書き手でもある歴史研究者たちの協力を得て編まれた本書は、こうした君主たちの最期をとおしてフランス史に新たな光をあてる試みである。

パトリス・ゲニフェイ

## 〈注〉

1 *Courrier international*, n° 1187, 二〇一三年八月一日。
2 以下から引用。Jacques Le Brun, *Le Pouvoir d'abdiquer. Essai sur la déchéance volontaire*, Paris, Gallimard, 2009, p. 136.
3 Jacques Bainville, *Histoire de France*, Paris, Tallandier, 2007, p. 89.
4 Roland Mousnier, *Monarchies et royautés, de la préhistoire à nos jours*, Paris, Perrin, 1989, p. 256.
5 Bruno Dumézil, *Des Gaulois aux Carolingiens*, Paris, PUF, 2013, p. 206.
6 Philippe Sueur, *Histoire du droit public français, XV$^{e}$–XVIII$^{e}$ siècle*, t. I, *La Constitution* monarchique, Paris, PUF, 2001.
7 Ernst Kantorowicz, *Les Deux Corps du roi. Essai sur la théologie politique du Moyen Âge*, Paris, Gallimard, 1989.
8 Ralph E. Giesey, *Le roi ne meurt jamais. Les obsèques royales dans la France de la Renaissance*, Paris, Flammarion, 1987.
9 Guillaume Apollinaire, *Vendémiaire* (*Alcools*, 1913).
10 Daniel de Montplaisir, et Philip Mansel, *Louis XVIII*, Paris, Perrin, 2013.
11 Daniel de Montplaisir, *Le Comte de Chambord, dernier roi de France*, Paris, Perrin, 2008, p. 583.
12 同上、p. 587.
13 Pierre Joannon, *L'Hiver du connétable*, La Gacilly, Artus, 1991.
14 Paul Morand, *Journal inutile, 1968-1972*, 2 vol., Paris, Gallimard, 2001, t. I, p. 448.

15 Jean Lacouture, *De Gaulle*, 3 vol., Paris, Seuil, 1986, t. III, p. 782.

16 Christophe Barbier, *Les Derniers Jours de François Mitterrand*, Paris, Grasset, 2011.

# 1　一人の皇帝の死、そして伝説のはじまり

## カール大帝（シャルルマーニュ）——アーヘン、八一四年

ジョルジュ・ミノワ

フランク王国の領土を拡大し最盛期をもたらしたカロリング王朝の第二代国王。八〇〇年にローマ教皇より西ローマ皇帝として戴冠される。これはヨーロッパ誕生を告げる出来事とも解釈されている。ドイツ人やフランス人という概念が存在しなかった時代の人物だが、現代のドイツ・フランス両国では一般にそれぞれ自国史の代表的人物の一人と認識され、カール＝デア＝グローセ、シャルルマーニュとよばれている。

八一四年。「享年およそ七一歳、治世四七年目、イタリア征服より四三年目。そしてローマ皇帝戴冠式より一四年目。カール皇帝陛下は冬をすごすためアーヘン［現在はベルギー、オランダ国境に近いドイツの都市。フランス語ではエクス・ラ・シャペル。ローマ時代からの温泉地］に滞在中、（八一四年）一月二八日に崩御された」。まるで死亡証明書のように無味乾燥なこの一文が『王国年代記』（原題ラ

テン語 *Annales royales*）のなかにあるカール大帝の死にかんする唯一の記載である。

短く素っ気ないこの告知は、しかし、一二〇〇年前に起きた、ヨーロッパ史において決定的な重要性をもつ出来事を報告するものである。当時のもっとも偉大な君主、ローマ帝国の再建者、半世紀近くにわたりヨーロッパ大陸の半分以上を統治していた、正真正銘の「生ける伝説」の死去であった。彼の死の後にはとてつもない空白が生じるのだが、人々がそのことをはっきり認識したのは、後継者たちがその後の年月において数々の失敗を犯すにおよんでのことだった。君主の死というものは、行使していた権力がゆえに多数の男女の身にさまざまな影響をおよぼす。そしてその君主がカール大帝ほどのスケールの大きな人物だった場合、ヨーロッパ全体の秩序を大混乱におとしいれる事件となる。すぐにこの出来事を報じる、並行し相互に依存した二つのタイプの物語が生まれたのも、そのためである。一つは肉体的・医学的状況とともに語られるカール大帝という一人の人間の死。そしてもう一つは、円滑な王位継承に不可欠な一連の行為のなかに組み入れられて公的な出来事として語られる、一人の君主の死についての話である。カール大帝の死を叙述する物語の数々は、生命にかんするありふれた非情な事実を伝える一方、継承者を教育する目的で、君主の理想的な死の手本を入念に作り上げることもしたのである。

## この上ない証人、アインハルト［エジナール］

このように遠い昔の時代にしては、情報源は驚くほど正確で信頼がおける。なんといっても筆頭にくるのはアインハルト著の『カール大帝伝』（原題ラテン語*Vita Caroli*）である。フルダ［現ドイツ中央部の都市。七四四年にベネディクト会の修道院が建てられた］の修道院で教育を受けたこの聖職者は、七九二年から宮廷内で生活し、皇帝の側近の一人となった。皇帝は彼を家族同様に扱い、また外交使節として派遣もした。ライヒェナウ［ボーデン湖に浮かぶドイツの島。八世紀にベネディクト会修道院が建立された］の聖職者ヴァラフリド・ストラボはこのことについて、八四〇年に次のように書いている。「強く明敏な君主が、私生活の秘密について率直に話す気になった相手としては、すべての聖職者たちのなかに彼以上の者はいなかった」。要するにアインハルトは主君の死をまのあたりにした現場目撃者であり、もっともすぐれた情報源なのである。『カール大帝伝』の序文に彼は、「わたしは、これらの出来事をわたし以上に正確に描写できる者はだれひとりいないとはっきり認識している。なぜならわたしは事が次々に起こっていたときにその場にいたのであり、まさしくこの二つの眼で見ていたのだから」と記している。それにくわえて、歴史家たちによれば、彼がこの作品を書いたのはカール大帝の死からさほど時のたっていない八一七年から八二九年のあいだだった。これらのことを考えあわせると、われわれは彼の記した内容の真実性について信頼することができる。アインハルトが古典ラテン語作家たちから着想を得ることが多く、文体や表現にかんしてはキケロ［古代ローマの政治家・著作家・雄弁家］、クィンティリアヌス［古代ローマの修辞学者］などの影響を受け、とくにスエトニウス［古代ローマの歴史家］の『一二皇帝伝』からさまざまなタイプの皇帝伝の実例を参考にしている点は承知のうえでのことである。カール大帝の死にまつわる予兆のなかには、アウグストゥス帝の死に関係した要素が複数織りこまれているが、それらはたやすく見分けがつくので、記述内容の真実性をそこなうものではない。

そのほかの文献は価値のないものではないが、有用性はおとる。宮廷で編纂され、九世紀以降は『王国年代記』のタイトルで知られるようになる『フランク王国年代記』（原題ラテン語*Annales regni Francorum*）には、七四一年から八二九年までの治世の概略が年代順に一年一年綴られているが、われわれのテーマにかんしては年代順の略述にとどまっている。フランス北部の、出所不明の資料にもとづいて編まれた『モワサック年代記』は、大帝の死にかんする記載をさらに短く一行にまとめている。ただし、この記録では、確実な王位継承を実現するための準備作業の到達点として死が位置づけられている。これは、新王ルートヴィヒ［ルイ］敬虔王の治世を記録した次の三冊の年代記にきわだって見受けられる、君主の理想的な死を入念に描き上げるという特徴が早くも姿を見せはじめたものだ。八二六年から八二七年にかけてエルモルド・ル・ノワールが書いた『ルートヴィヒ敬虔王頌詩』、八三五年ごろにトレーヴの補佐司教テガンが著した『皇帝ルートヴィヒの生涯』、そして、歴史家たちから「天文学者」の異名（天文学に精通していると自慢していた）でよばれた、信頼性もかなり高い著者によって八四〇年より少し後に書かれた『ルートヴィヒ敬虔王の生涯』である。われわれはこれらの資料をもとにして、一方ではカール大帝の死にかんするあるがままの具体的状況を、かなりの信憑性をもって再構築することができる。またもう一方では、出来事からわずかしか時をへていない時期に、政治的プロパガンダを明らかな目的として、この死がどのように理想化されたかを示すことができる。

## 半世紀にわたる統治で疲労困憊した七〇歳の老人

まずは事実をみていこう。老化の兆しが表れたのは八一〇年ごろからだった。当時皇帝は六八歳。その時代としてはきわめて高齢である。身長一メートル九〇センチのこの巨漢は、それまで鉄のごとく頑健な身体の持ち主であった。すぐれたスポーツマンで水泳の達人だった彼は、アインハルトによると「機会さえあれば水中での鍛錬を楽しんだ」という。戦い、狩り、水泳の半世紀でアスリートのような体格となり、そのうえ「節度をもって飲食し、とくに酔っぱらいを嫌っていたので、酒はひかえめにしていた」。しかし、医師の忠告に耳をかさず、狩猟の獲物の焼き肉を過度に食べつづけた結果、移動にさしつかえが出るほどの深刻な痛風の発作をおこすようになった。歩行や乗馬が困難になり、発作のあいまに狩りを続けはしたものの、ほとんどが船での移動となり（ライン川、マン川、モーゼル川）、行動半径は徐々に狭められていった。『モワサック年代記』に、八〇九年以降は冬と春だけでなく、夏もアーヘンにとどまった、と記されている。老人の最後の遠出は、八一一年に行なった、対ヴァイキング防衛体制を確認するための北海沿岸視察行だった。長生きしすぎた者の常として、近親者との死別の悲しみが行く手に影を落としていた。妻リュートガルトが八〇〇年、助言者アルクイン［ブリテン島出身の神学者・聖職者。カールに招かれアーヘン宮廷に付属学校を創立、学問振興に寄与。政治顧問もつとめた］が八〇四年、息子のイタリア王ピピンが八一〇年、長男カール若王が八一一年に世を去った。すべての年代記において、七〇歳台のカール大帝が気力を失ったようすが語られている。『ルートヴィヒの戴冠』［一二世紀に書かれた作者不明の作品］には「もはや命を長らえる意もなく、頭に冠をいただきつづける意もなし」とあり、エルモルド・ル・ノワールは「皇帝は老衰した」と記した。『天文学者』は、「死が近づいてくると、皇帝はいままでとは違うさまざまな症状にしばしば悩まされるようになった。あたかも死がこれらの兆候を使者のごとくつかわして、その到来がさしせまっていることを知らせるかのようだった」、「老齢のため彼は急速におとろえ、子どもたちを失った悲しみを克服できず、これらの状況から自分の死もおそらく間近なのだろうと考えるようになった」、「彼は自分のいちじるしい体力のおとろえと急速な老化について真剣に考えた」と綴った。テガンは、皇帝は「すでに非常に高齢だったので最後の日が近づいてくるのをひしひしと感じていた」と記し、毎日のようにカール大帝のもとに通っていたアインハルトは、「老いと病とが彼の上に重くのしかかっていた」と書きとめている。

八一三年を迎えたころ、大帝は非常に衰弱していた。それでも春先、彼は例年のようにアルデンヌ［ベルギー南東部、ルクセンブルクおよびフランスにまたがる地域］の山地に狩りに行くことを決意する。自分の体力をかいかぶっていた。結局、痛風にはあらがえず、床のなかですごすほかなかった。『王国年代記』には「快方に向かった」カールはアーヘンに戻ってきた、とある。アインハルトは次のように記している。「大帝は一年中アーヘンにとどまった。加齢による体力の低下はあったが、発作のあいまにはこれまでどおり狩りに出かけた。しかしアーヘンの宮殿からそう遠く離れることはなかった。このようにして秋の残りをすごし、一一月の初めにアーヘンに戻り冬をすごしているとき、一月に高熱を出した」。テガンによれば発熱したのは入浴後だったのだが、それは驚くに値しない。アルデンヌ高原［アーヘンはその北斜面にある］で一月に温泉プール［宮廷内に設けられた大浴場］に入って出るなど、まったく勧められたことではない。とくに七二歳の老人の場合には。まちがいなくそれは肋膜炎であった。アインハルトは死去までの模様を手短に報告している。「熱があるときはいつもしていたように、彼は食事の量を減らした。絶食によって発熱の治療ができる、すくなくとも熱を下げられると考えていたのだ。やがて彼は横腹に痛みを感じるようになるが、これはギリシア人たちがプレウレシス（肋膜炎）とよんでいる病気であった。大帝は絶食を続け、食べ物としては流動食だけをとり、しかも長い間隔をおいた。床について一週間後、彼は聖体拝領を受け、一月二八日朝九時、七二歳、治世四七年目に息をひきとった」

## 死後もあの世から帝国支配を続ける意志

以上がアインハルトによって簡潔に伝えられた、よくある悲劇的な出来事の一部始終――衰弱した一人の老人の肋膜炎による死――である。しかし、その老人がカール大帝となると、出来事は当然ながらまったくありふれたものなどではなくなる。すぐに年代記編者、とくに年代記作者たちは、この死を一つの模範となすために、これを組み入れた一貫性のある筋をまとめあげた。再構成されたストーリーにおいて、皇帝は最後まで、自分が主導する一連のプロセスの中心人物として登場する。死からまぬがれることはできないが、君主は近づく自分の死を前にして、国家の問題、一族の問題、そしてキリスト教徒としての自分個人の問題の整理をみずから準備実行することにより、状況を支配しつづける。視点は正反対になった。国家、一族、そして自分に対する死の影響を制御するために、君主がすべての決定を行なうかぎり、死はもはや君主にむりやり課せられたものではなく、逆に彼の計画の一部であるかのように見える。このようにして、彼は自分の死後も将来を管理するつもりなのである。

やはり死こそが皇帝を国事、とくに王位継承を計画準備する行動に駆りたてたように思われる。早くも八〇六年には『王国分割令』という遺言書のような法令（『王国年代記』のなかにこのように表現されている）によって、大帝は三人の息子、カール、ルートヴィヒ、そしてピピンに帝国を分割することをあらかじめ決定した。体力のおとろえを実感し、狩猟中に負傷もし、一人また一人と友や忠臣たちを亡くしていった六四歳の皇帝をこの決定に向かわせた動機は、死の意識だったのである。この文書には、人間が死すべき運命にあること、「死へと向かい、次の世代に継承を準備する世代」であること、「死すべき世からのわれわれの旅立ち」についての言及があり、われわれは「人の定めである負債［聖書において人間の罪のこと］の支払い」をしなくてはならない、とも記されている。

しかし、物事の自然な順序とは逆に、カール大帝は息子たちのなかの二人に先立たれた。イタリア王ピピンが八一〇年、カールが八一一年である。その時点で『王国分割令』は空文となった。そして八一三年の九月、みずからの死の四か月前、皇帝は、『王国年代記』によれば「自分の死期が近づいたのを悟り」アーヘンに帝国集会を招集し、その参集者たちの面前で息子ルートヴィヒを「皇帝にしてアウグストゥス（尊厳者）［つまりローマ皇帝］」として戴冠した。これはまさに権力の移譲であり、近々訪れるはずの死の先どりであった。テガンによると、カール大帝は、「全軍隊、司教、司祭、公、伯、およびその部下たちを招集」した。そして「職の位階のそれほど高くない者からもっとも高位の者にいたるまで、彼ら全員に対し、『わたしの名』すなわち皇帝の名称を息子に授けることに同意するかどうかをたずねた」。アインハルトは「カール大帝のこの決定は、その場にいた者たち全員から熱狂的な賛同を受けた。王国の発展のため、神がこのことを彼に啓示したかのように思われたからである」と記している。次の日曜日、九月一一日、アーヘン宮殿の礼拝堂で戴冠式が挙行された。テガンが伝える、あるいは彼によって創作されたかもしれない演説のなかで、カール大帝は息子に訓示をあたえ行動の指針を示した。それは間近に迫る死にせきたてられた君主の最後の忠告のように見える。「ルートヴィヒは全能の神を愛し畏れ、万事においてその掟を守り、神の教会を統率し、悪しき者たちから教会を守るよう命ぜられた。また姉妹や弟たち（カール大帝の正妻以外の女性たちから生まれた庶子）、甥やすべての親族に対して、つねに温情を示すよう厳命された。司祭たちを父のように尊い、民をわが子のように愛し、尊大な人間や悪人に救いの道をたどらせ、修道院を援助し、貧しい者にとっての父でなければならない。廷臣には、忠誠心のある、神を畏れ、賄賂を拒絶する人間を選ばなくてはいけない。正当な理由なしにだれからも名誉を剥奪してはならない。そして何事においても神の目の前、人の目の前で非の打ちどころないふるまいをするように、と求められた」。それが終わると、一同は新皇帝を歓呼の声で迎えた。「ルートヴィヒ皇帝万歳！（*Vivat Imperator Ludovicus!*）」。このように継承が保証されたいま、老皇帝は終幕を待たずに舞台から退場することができる。数日後、息子が［領地の］アクイタニア［ピレネー山脈に接した、現在のフランス南東部アキテーヌ地方］に戻ろうと出発するとき、これもテガンの文章によれば、父子は二度とふたたび会えないことがよくわかっていたため、別れのあいさつは悲痛なものであったという。「別れる前に、愛の涙を流しながら、しかと抱きあい接吻をかわした。息子はアクイタニアをめざして出発した。そして皇帝陛下は王国と自分の名声とにしかるべく気を配った」

カール大帝は世を去る前に、帝国内の諸国における秩序・司法、そして安全の組織化を準備した。「天文学者」の『ルートヴィヒ敬虔王の生涯』によれば、皇帝カールは「急速な体力のおとろえと老いとに思いをめぐらせ、いまは神のおかげで秩序が保たれている帝国が、自分の死によって混乱におちいることをおそれ…」、八一三年にマインツ、ランス、シャロン、トゥールおよびアルルで教会会議を開いた。そこで、悪弊を改革し信仰と風紀を正しく保つための提言を求め、出た結論は秋の全体会議で公表された。以上のように、年代記作者たちは、理想的な君主は近よる死を意識したとき、国事を整序する気持ちに駆りたてられるものだ、と示したかったのである。

死はまたカールに、一族の諸問題をかたづけることも急務であると感じさせた。しかし、彼は四、五人の正式の妻とのあいだにすくなくとも一一人の嫡出子をもうけ、それにくわえて、記録されている妻以外の女性六人（氷山の一角にすぎないという）からは約二〇人の庶子が生まれているのだから、これは並大抵の仕事ではない[1]。八一一年、六九歳の皇帝は遺言状（アインハルトはその全文を書き写した）を作成した。厳粛さをもって手続きをとり行なうことにこだわり、その書類を一一人の司教、四人の司祭、一五人の伯［地方行政官］が会する前で読み上げさせ、彼らに証書への署名を求めた。要は薬剤師のような精密さで皇帝の私的動産――金・銀・宝石、王家の装飾品、そして金や銀で作られた四脚の見事な卓――を分配する内容だった。これらの品々の恩恵にあずかるのは嫡出子と大司教座聖堂だった。カール大帝は庶子たちにも同様に遺産をあたえたいと願ったが、アインハルトが説明するように、着手したのが遅すぎた。「大帝は財産の一部を内妻たちから生まれた娘や息子たちに遺すための遺言書を作成することに決めた。しかしとりかかったのが遅すぎたため、完成させることができなかった」。執筆者たちからすれば、それは失敗ではなく、その正反対であった。私生児は罪の子であり、なんの権利ももたないのだから、これはあきらかに神の御意志にかなったことなのだと。君主の理想的な死という概念のなかには、行為への報酬と過ちへの罰もふくまれるのだった。

## 天国の兆しと天空の兆し

国家、一族、そして次はもちろん君主の魂のゆくすえの問題である。永遠の救済の証となる、立派なキリスト教徒としての死を演出しなければいけなかった。この点について年代記類は語らない。時間的に正確な情報を伝えているだけだ。『モワサック年代記』によれば、「キリストの受肉［神の子が人となったこと］から八一四年後、アダムの創造から六〇一二年後の一月二八日朝九時」とある。アインハルトは、ほんのわずか語数が多いものの、「皇帝は聖体拝領を受け、息をひきとった」と言うにとどまっている。テガン司教にはそのような叙述だけではまったく不十分に思えたようで、『皇帝ルートヴィヒの生涯』のなかに、理想的なキリスト教徒の死というテーマにもとづいて話を飾りながら詳細をつけくわえている。信仰心に満ちた演出のなかで、彼は皇帝の死を聖人の死になぞらえた。「皇帝はすべての時間を祈りと善き行ないと図書の校正とについやした。崩御の日の前日、ギリシア人やシリア人の助言を得ながら、キリストの四福音書をていねいに校正した…（八一四年一月二七日）〔宮廷の学問の中心であった古典研究・聖書研究は、まず正確な写本作りからはじまった。カールは、校正や書写を重視し、注意深く行なうよう通達も出している〕。苦しみが限界に達したとき、帝はもっとも親密だったヒルデバルト司教をよび、最期のときに強められるよう、キリストの血と肉の秘跡を授かった。その後、病による苦しみは次の日中と夜まで続いた。しかし夜明け、自分の身に何が起こるかを察知し、右手をひろげ、渾身の力をふりしぼって、額、胸、そして身体中いたるところに十字の印をきった。それから両足をそろえ、胴の上で腕と手を伸ばし、目を閉じて静かに詩編の一節を歌った。『主よ、わたしは、わが魂を御手にゆだねます』。そしてすぐに、十分に月日を重ね、歳が満ちた〔創世記のなかでアブラハムなどの死について使われているのと同じ表現〕帝は穏やかに息を引きとった」

　後継者たちにとっての典型あるいは模範となる、当時の判断基準からみて理想的な、そして理想化された死である。長きにわたる繁栄の治世の後に、君主が国家と一族とみずからの魂のたどる先の手はずを整えたのち、穏やかに死を迎えたのである。

　なによりもキリスト教徒的な死である。しかしアインハルトからすれば、それだけでは十分でなかった。なにしろ故人は、どこにでもいるというような人間ではない。カール大帝のスケールの皇帝の死は、宇宙的な次元の出来事なのだ。偉人たちが居ならぶ天空から星が一つ消えたのである。この伝記作者が読んだスエトニウスの『一二皇帝伝』のなかでは、皇帝の死はつねに天と地に現れるさまざまな自然現象や前ぶれによって告知されている。アインハルトはアウグストゥス帝伝の例にならって、カール大帝の死を予告するいくつもの前ぶれを探し出すのに苦労はしなかった。日食や月食がくりかえしおき、太陽の表面に黒い点が一つ、七日間にわたり出現した。アーヘン宮殿と礼拝堂をつなぐ柱廊がくずれた（実際にこの事故が起きたのは皇帝の死後三年たった八一七年であった）。デーン人との戦に遠征中、夜明けの直前に流星が空をよぎった。そのとき、皇帝の馬が突然ばったり倒れそのまま息絶えた。乗っていた皇帝はいきなり地面に投げ出され、帯刀していた武器がちらばった。そのほかにも、アーヘンでは地震がたびたび起きたり、皇帝の居室で梁（はり）が何度もミシミシと不気味な音をたてたりした。激しい雷雨が吹き荒れ、その最中、礼拝堂の屋根の上についていた金色の球体が稲妻に打たれて、司教館にたたきつけられた。そしてこんな不可思議な現象も起きた。礼拝堂の内部の丸天井の下、アーケードの上部についている胴蛇腹には、巨大な真紅の文字でKAROLUS PRINCEPS［ラテン語で君主カール］と書かれていたが、皇帝の死の少し前からPRINCEPS［君主］の文字がだんだんに薄くなり、判読できなくなってしまったのだ。最後に、「マインツの近くにある、一〇年の歳月をかけ、巧みな技術を用いて建造され、永久にもつであろうと思われていたライン川に架かる木造橋から突如出火した。三時間で焼け落ち、水面下にある部分を除いて、板きれ一枚も残らなかった」

とはいえ、これらの前ぶれはどのような受けとり方も可能である。アインハルトにとっては、しかし、それらの意味するところは歴然としていた。「カール大帝の死が近づいていることを知らせていた。したがって、他人だけでなく彼自身がそのときの間近いことを知ることができた」。しかし「大帝はこれらの予兆に注意をはらうことはなかった。すくなくとも自分個人の問題と関係があるとは認めたがらなかった」。片意地を張っていたのか、それとも迷信深い信仰におちいることをこばんでのことだったのだろうか？

## そして伝説の人物になった

カール大帝の死は、かくして「国王にふさわしい死」のモデルとして仕上がった。その土台には古代ローマ的そしてキリスト教的という二種類の発想があり、異教徒であったローマ皇帝たちの死と、キリスト教徒であるフランク王の死とをつないでいる。もう一つの特色は、この君主がいわば二回死んだということである。肋膜炎に命を奪われた老人の肉体的な死。そして国家と一族と自分自身の魂のゆくすえを確かなものにしてからの政治的・霊的な死。肉体の消滅は、後代への遺産の永続性の前にあっては、もはやたいしたことではなくなる。カール大帝の死は以降、後継者が頼りにすべき基準の役割を果たすことができるのである。またそれは皇帝の第二の人生、すなわち神話と伝説の人生がはじまることを意味した。遺体が待ち受けている運命と比べれば、その豊かさは対照的であった。遺体は死の当日、儀式をとり行なうこともなくアーヘン宮殿の礼拝堂内に急いで埋葬された。おそらく、何人かのメロヴィング朝の王たち――ダゴベルト一世やクロヴィス一世など――や、カール大帝の先祖である王たち――カール＝マルテルやピピン短躯王など――の遺体を埋葬しているサン・ドゥニ大聖堂の修道士たちが、コレクションを増やそうと遺体を奪いにやってくるのをおそれたためではないか、といわれている。

墓所はごくありふれた特徴のないもので、二世紀がたった一〇〇〇年にオットー三世が墓を開けさせようとしたとき、場所がどこかを見つけることができず、礼拝堂の床下の地面を全部掘り返さねばならなかったという。ピエモンテ地方で一〇二七年より少し後に編まれた『ノヴァレーザの年代記』

には、その当事者の一人、すなわちドイツ王オットー三世のお供をした三人のうちの一人だったオットー（ロメロ伯であり、パヴィア宮中伯でもあった）の証言にもとづいて、つぎのように一部始終が報告されている。「神聖ローマ皇帝オットー三世は、カール大帝の身体がしかるべき墓所を得た位置に到着すると、思いきって墓のなかに下りた。（中略）さて、われわれがなかに入るとカールの真正面に出た。というのも彼がほかの遺体のように横たわって安置されていたのではなく、命ある人のように王座風の椅子に座っていたからである。頭には金冠をかぶり、手袋をはめた手に王杖をもっていたが、伸びた爪が開けた穴から姿をあらわしていた。上方には石と大理石でできた見事な天蓋がしつらえてあった。われわれがそこに入ったとき、非常に強い匂いがした。われわれはただちにひざまずいて彼を崇め、オットー皇帝はすぐさま彼に白い衣装を着せかけ、爪を切り、周囲にちらばっていたものすべてを整えなおした。しかし腐敗によって四肢がくずれ落ちたりすることはなく、ただ鼻の先端がわずかに欠けていただけだった。オットー皇帝はすぐに金片でそれを修理させ、口から歯を一本抜きとった。そして天蓋をきちんと直して立ちさった」

　われわれはすでに神話の世界に入っている。カール大帝が座った状態で埋葬されていたかは、非常に疑わしい。埋葬は大あわてで行なわれたのだから、このような不気味な演出をしようなどとだれも考えたはずもなく、一次史料にも記述がない。そんなことをしていったいなんの足しになるのかが解らない。いずれにせよ実行に移す暇はなかっただろう。このような誤解が生じた原因は、『ノヴァレーザの年代記』の読まれ方にあるのではないか。そこには大帝が《*in quandam cathedram ceu vivus residebat*》と書かれてあった。《*in quandam cathedram resido*》は司教にかんして使われていた表現であり、高座の上に座った状態で埋められていた、というのではなく、高座に座っているかのように祭服をまとっていたことを意味した［*ceu vivus* 生きているかのように］。いずれにしても、その後、遺品としてあちこちの教会と何人かの君主たちに送るために小片がいくつかとりさられ、残りの遺骸は石棺におさめられることになる…。そしてその在りかはふたたび行方知れずとなったのである。一一六五年、カール大帝の列聖を望んだ赤ひげ王フリードリヒ［フリードリヒ一世。神聖ローマ皇帝。何度もイタリア遠征をおこなった。第三回十字軍に参加］は、『神の啓示』によりその墓をふたたび発見した［聖遺物として崇敬の対象とすべく遺骸の一部を採取した後］。遺骸は一二一五年にフリードリヒ二世により豪華な棺に納められた。

しかし、カール大帝はほんとうに死んだのだろうか。それともアーサー王のように、眠っているだけであり、いつの日か勝利の帰還をするのだろうか？ 一二世紀、十字軍の勢いがさかんになったころ、「終末皇帝」、または「最終皇帝」の予言が流布した。『ローランの歌』［一一世紀末に書かれた現存する最古の武勲詩。カールがスペイン遠征中、ピレネー山中ロンスヴォーで起こったバスク人との合戦で大敗を喫した出来事をもとに創作された］とほぼ同時代の神話といえよう。イスラム教徒との戦いという新たな文脈において、この叙事詩によって変容をとげたロンスヴォーの合戦のエピソードは、カールを十字軍の精神をもった英雄に仕立てた。とくに隠者ピエール［一一世紀末の雄弁な説教師。熱狂的な支持を受け、第一回十字軍に先立って民衆十字軍を率いた］の周囲では、彼はアーヘンの墓のなかでは眠っているだけであり、ある日突然姿を現し、異教徒討伐のためキリスト教徒軍の先頭に立つ、と語られていた。カロリング朝の大帝の威信はその時期最高潮に達し、不死と信じられるところまで行っていたのである。名声も一定のレベルを越えると君主は死ぬことさえできなくなる。

その見地からすれば、大帝は不滅のように思われる。彼の名前とイメージは、激しく対立するさまざまな政治的あるいはイデオロギー的な潮流によって利用されてきた。歴史家たちは今日にいたるまで、この伝説を伝えるうえで貢献している。ヴォルテール［フランス啓蒙主義の哲学者、作家、歴史家］は「マーニュ［偉大の意］というあだ名がついた専制君主カール」とにべもない。エドワード・ギボン［一八世紀のイギリスの歴史家。代表作は『ローマ帝国衰亡史』］は「彼が作った法は、彼の武器におとらず血を好む残酷なものだった」との評価をくだしている。ミシュレ［一九世紀のフランスの歴史家］の目には、「寛容さも蛮族の知性をもちあわせない司祭や法律家からなる冷酷な政権の頭にいた」、破壊を好む暴君としか映らなかった。しかし、作家たちの大多数は、この善良な白ひげの大男をほめたたえ、ギゾー［フランスの政治家・歴史家。ルイ＝フィリップ復古王政で首相をつとめた］は「われわれがシャルルマーニュとよぶ大男」と言い、ヴィクトル・ユゴーは「この世界を創った巨人よ」とよびかけ、「シャルルマーニュの後を受け、人はいったい何をなしうるというのか」［二つとも戯曲『エルナニ』のドン・カルロスの台詞］と自問する。ある人たちは征服者として、ある人たちは法律の制定者として、そしてまたある人たちは公教育の創始者としてカール大帝をたたえている。一八九三年の（フランス）全国教育視学官に宛てられた通達に「あの広大な王国は人類にとって無意味ではなかった。シャルルマーニュ［カール大帝］に率いられたわれわれの先祖たちは、西ヨーロッパに対し大いなる貢献をした」という文章が記されているのである。伝説の最近の変容は次のとおりである。一九五〇年に、ヨーロッパの統合に貢献した人物に毎年アーヘンで授与する賞が創設された。そこにはカール大帝の名が冠され、彼はＥＵの象徴に昇進したのである［アーヘン国際カール大帝賞。贈呈されるメダルには玉座に座るカール大帝がきざまれている］。

## 〈参考文献〉

主要な資料は、アインハルト『カール大帝伝』のルイ・ハルフェンによる一九四七年の校訂版、Eginhard, *Vie de Charlemagne*, dans l'édition critique de Louis Halphen, Paris, 1947である。カール大帝の死のみを扱った著作は存在しないが、この主題はさまざまな伝記のなかに多少ともページをさいてとりあげられている。最近の著作、およびもっとも完全な作品のなかからいくつかを記す。

Barbero, Alessandro, *Carlo Magno. Un padre dell'Europa*, Rome, 2000.
Braunfels, Wolfgang (dir.) *Karl der Grosse, Lebenswerk und Nachleben*, Düsseldorf, 5 vol., 1965-1968.
McKitterick, Rosamond, *Charlemagne. The Formation of a European Identity*, Cambridge, 2008.
Minois, Georges, *Charlemagne*, Paris, Perrin, 2010.
Morrissey, Robert, *L'Empereur à la barbe fleurie. Charlemagne dans la mythologie et l'histoire de France*, Paris, Gallimard, 1997.

## 〈注〉

1　当時の婚姻にかんする教会法はまだ比較的ゆるやかであった。カール大帝の最初の配偶者として公に知られているのはヒミルトルードであるが、これが正式の結婚であったかは不明である。彼女とのあいだにピピン＝ル＝ボッシュ［傴僂王（せむし）］が生まれた。その後、デジデリア、ヒルデガルト、ファストラド、リュートガルトを順に正式の妻として迎えた。最後の妻が八〇〇年に亡くなった後は、独り身ですごす。八一四年、カール大帝亡き後に残った嫡出子はルイ一人だった。

# 2 非力な王のまことに目立たぬ死

## ユーグ・カペー――九九六年

ローラン・テイス

ユーグ・カペーは一〇世紀に「フランク人の王」として即位し、カペー朝の始祖となった。

一九八七年四月二日、頭の回転が速く冗談好きのジャーナリストが「ユーグ・カペーなんて、だれも気にかけていない！」と書いた[1]。しかし、「だれも」というわけでもなかったようだ。翌日、「カペー朝一〇〇〇年」記念行事の目玉としてアミアン大聖堂で開催された音と光のスペクタクルの観客のうちには、ユーグ・カペーの末裔（まつえい）でフランス国王の資格があると主張するパリ伯アンリ・ドルレアンだけでなく、フランソワ・ミッテラン大統領もいた。フランスという国が誕生したのは、「フランク人の公」ユーグ（彼がカペーとよばれるのはずっと後のことである）がノワイヨンで国王として聖別された九八七年であるかのように。このユーグの子孫はフランスでは一八四八年まで、ポルトガルでは一九一〇年まで君臨し、スペインではいまだに王位についている。だが、すっかり忘れられていたユーグが四〇人のフランス国王の先祖として――フランスの建国者であるとさえ宣伝された――華々しく発掘されたことは驚きである。当人がどのような人物であったのかがさっぱり知られておらず、千年このかた伝記が一冊も執筆されておらず、一〇世紀終わりから一一世紀初めにかけての文献を集めても彼に言及している史料は数ページにしかならない（しかも解釈に迷う文章も多い）だけになおさらだ。ユーグ王は二〇世紀末のフランス国民になんの手がかりも残していないので、この王ならこう言ったであろう、こう思ったであろうと勝手な憶測をすることも、あらゆるメディアが好きなようにとりあげることも可能であった。しかし、イベントが終わると、ユーグ王はもとの暗闇に戻され、最初の埋葬のときと同じようにふたたび地味に葬られた。

## ユーグ・カペーは実存したのか？

それがどのような死に方だろうと、ユーグ・カペーの死を語るには、この王が実存していなくては話にならない。だが、その人生の大半における彼の実像はほぼなにも知られていない。生年でさえわかっていない。ただし、カール大帝（シャルルマーニュ）の生年も明らかでなく、聖王ルイ九世の生年とて確かでない。当時は、いつこの地上に生まれたかは重要ではなかったからだ。真の命がはじまるのは地上での命が終わるときであり、これがいつであるかを知ることが大切なのだ。さもないと、典礼暦のいつの日に死者の魂の救済のために祈りを唱えたらよいのかがわからなくなってしまうからだ。現代に伝わっている、命日を記録した過去帳のもっとも古いものは九世紀なかばにさかのぼる。

サン・ドゥニやサン・モール・デ・フォセのほか、ユーグ王が生前にいつくしみ、寄進をおしまなかった教会で、故人の魂の安らかな眠りのための祈りが唱えられ、歌われたのは、一〇月二四日であった。没年が九九六年であるのは確実だ。この時代の期日算定がキリスト生誕年だけではなく、フランク人の王とドイツの神聖ローマ皇帝（このときの皇帝は数か月前に即位したオットー三世）の統治年をもとにしているために多少の混乱があることは否めないが。

代々続く王侯の話ではありがちなことだが、当時の歴史家や編年史家にとって（ということは、現代のわれわれにとっても）ユーグ・カペーがはじめて歴史に登場するのは九五六年に彼の父親が亡くなった時点である。当時の年齢は一六歳かと思われ、西洋の貴族階級の最上層部に属していた。大伯父のパリ伯ウードはパリを攻囲したノルマン人［もともとはヴァイキング。ノルマンディに定着してノルマン人とよばれた］を撃退した勇猛な戦士であり、小ピピン［カロリング朝の始祖］から続いていた伝統を破り、非カロリング家出身のはじめての王として八八八年から八九八年まで王座についていた。祖父であるロベール［ウードの弟、ロワール川とセーヌ川に広がるネウストリアの侯］も九二二年、カロリング家の単純王シャルル三世廃位後の数か月、国王の座にあった。大ユーグとよばれた父親も、本人が望めば戴冠し、聖別を受けることができたが、アキテーヌからブルゴーニュまで勢力を拡げ、数多くの伯領と修道院を所有し、多数の司教常駐都市を支配し、土地と人手からなる莫大な資産を手にしていたので、名誉職的な性格が強い国王の肩書きと職務のためにこうした権力や資産を投げ出すことは望まなかったと思われる。これらを引き継ぐべき息子がまだいなかっただけに、なおのことであった。そこで、カロリング家の国王ルイ四世の助言者となることを選び、「フランク人の公」の肩書きをあたえられた。「われらが王国全体で二番目の人物」と認められたが、実際はいちばんの実力者であった。比類なき勢力を誇るドイツ王オットー（将来の神聖ローマ皇帝オットー大帝）の妹と結婚していたので、大ユーグの権勢は盤石であった。なお、オットー王のもう一人の妹はフランク人の王ルイ四世の妃となっていた。したがって、ユーグとオットーとルイは義兄弟の間柄であった。だからといって諍いが起きなかったわけではないが、ある程度の抑制が働いた。

九五四年に父ルイ四世の跡を継いで国王となったロテールは、従兄弟のユーグ・カペーと同い年であった。若いロテール王はユーグ・カペーの父親（大ユーグ）をあらためて「フランク人の公」として認めた。やがて、大ユーグが亡くなると、西欧ではこの人の承認が得られねばなにごとも進まぬドイツ王オットーの監督下で、息子ユーグは父の遺産を引き継いだ。彼が、アキテーヌ公を僭称して既成事実化するポワティエ伯ギヨーム（蓬髪ギヨーム）の娘アデライード（敬虔なアデライード）といつ結婚したのかは不明である。九七二年ごろ、ずっと後になって母親と同じく「敬虔な」と形容されることになる息子、ロベールが生まれる。ユーグも「フランク人のなかで二番目」の地位を認められていたものの、父親の大ユーグと比べて影が薄かった。父親が築いた王国いちばんの勢力を受け継いでいたものの、一度は自分に忠誠を誓ったがしだいに離反して自主独立してゆく諸侯との折りあいに苦労する。名前をあげるとアキテーヌ公、アンジェ伯、そして非常に好戦的なトゥール・シャルトル・ブロワ伯である。彼らは自分たちの権限について、半分はユーグ公から委託されたものだが、残り半分は神のおぼしめしにもとづいている、と自負していた。ルーアン伯（ヴァイキング公国ノルマンディの創設者であるロロの孫）にいたっては、「ノルマン人の公」を自称し、ユーグ・カペーから完全に独立していた。フランドル伯も同様であった。これらの領邦君主とよばれる者たちはユーグ公と対等に口をきいていたし、ユーグ公が「フランク人の王」となってもそれは変わらなかった。おまけに、彼ら全員の上には、神聖ローマ皇帝の威力がのしかかっていた。皇帝の影響力は西ヨーロッパまで浸透し、フランク人の国でもっとも権威がある司教座、すなわち聖レミ［ラテン名レミギウス］がクロヴィスに洗礼をほどこしたランス司教座にまでおよんでいた。ゆえに、九六九年には、神聖ローマ帝国の政治に協力をおしまないアダルベロンがランス大司教となった。ユーグ公が所持していた最良の資産は、自身が庇護者、場合によっては在俗修道士でもある修道院のネットワークであった。栄光あるダゴベルトを筆頭とするフランク人の代々の王、大伯父であるウード王、父の大ウードも埋葬されているサン・ドゥニ修道院のほか、サン・ジェルマン・デ・プレ修道院、サン・モール・デ・フォセ修道院、オセールのサン・ジェルマン修道院、オルレアンのサン・テニャン修道院、トゥールのサン・マルタン修道院［フランス語ではマルタンとよばれるマルティヌスはローマの軍人であったときに寒さに震えている物乞いを目にし、自分のマントを剣で半分に断ち切ってあたえたエピソードで有名な聖人。ユーグは聖遺物であるマルティヌスのマントを所有していた。これが、カペー（マント）というあだ名の由来と思われる］そのほかである。この修道院ネットワークはユーグ公にとって大きな財源であると同時に、はかりしれない政治的および霊的な威光を彼にもたらしていた。

この威光ゆえに、ロテール王の息子である若い王ルイ五世が九八七年五月に後継者がないままに事故死すると、ユーグが王国第二の身分から第一の身分へと昇格した。息子ロベールは一五歳となっていた。ユーグはウード王の孫であるうえに、皆に一目置かれるだけの勢力があったが強力な領邦君主たちを脅かすほどではないのが、だれにとっても都合よかった。しかも神聖ローマ帝国とはなんの悶(もん)着(ちゃく)もかかえておらず、修道士、大修道院長、司教らからも支持された。九八七年七月三日、ノワイヨンでランス大司教のアダルベロンが手ずからユーグに聖香油を塗油し、王の聖別式をとり行なった。

さて、このユーグとはどういった人物だったのだろうか？　彼の外見については、同時代のだれについても事情は同じであるが、なにも伝わっていない。編年史家が彼の姿を描写する場合でも、サルスティウスやスエトニウスといった古代ローマの伝記作家の文章を書き写して名前を変えるにとどまっている。図像学資料もいっさい残っていない。ユーグの名を記した貨幣がわずかに伝わっているが肖像はきざまれておらず、ユーグ王の印璽(いんじ)は失われている（残っていたとしても、写実的な肖像は期待できなかっただろう）。それでも、おそらくはがっちりとした体格の持ち主だったと思われる。当時の原理原則に従えば、諸侯には、ましてや国王には頑強であることが求められた。現に、ユーグは一度ならず騎行や戦闘で体を張っている。彼はどうやら読み書きができなかったらしい。読み書きができるとしたら、聖典だけでなく世俗文書にも使われていた唯一の言語であるラテン語に通じていなければならないのだが、九八一年にユーグがローマで神聖ローマ皇帝オットー二世に会ったさい、オルレアン司教アルヌールがユーグのために皇帝が話すラテン語を俗ラテン語（ロマン語とよばれ、フランス語のもととなった言語）に通訳している。ユーグの教養、思考、感情についてもなにも伝わっていない。そもそも、一〇世紀においては、こうした面について描写することにだれも意義を認めていなかった。ユーグは本人が属している社会階層の卓越した代表者であった。すくなくとも生前は。だが死はユーグを、生きていた時代のくさびやしがらみから切り離した。

## 天への道

九八七年に王となったとき、ユーグはすでに晩年にさしかかっていた。もう四五歳をこえており、この時代においては年寄りの部類に入っていた。ただし、老齢は王にふさわしいものであった。君主がその務め——王の聖別式で誓約したように、正しい裁きを行ない、キリスト教徒の国民を救済の道に導くこと——を果たすのに必要な知恵と老いのあいだには切っても切れない縁があるからだ。ユーグはその後も九年と三か月生き長らえ、辛苦（しんく）を耐えた。したがって、ユーグをその目で見たことがあり、おそらくは話しかけたこともある同時代の編年史家リシェ・ド・ランスがveteranus rex（高齢の王）とよぶユーグには、最後に神に近づくことができるように自分の死を準備する時間があった。当時の教会は俗世で権勢を誇る者たちに対して、大罪で穢（けが）されていること必定（ひつじょう）の人生——大罪を犯さずしては統治も君臨も不可能だから——を終える前に魂を清めることの必要性を力説していた。事実、王侯たちは一般人よりもおそれをいだく理由があったので、死が近づくと贖罪（しょくざい）のための行動に出た。ユーグ王とは義兄弟の関係にあるアキテーヌ公ギヨーム・フィエールブラスは九九五年、死期が近いと悟った。そこで、自分が庇護者をつとめているサン・メクサン修道院に隠棲し、僧衣をまとって清らかな死を迎えた。九九六年三月、泣く子も黙るトゥール・シャルトル・ブロワ伯のウードは波乱に富んだ生涯のすえ、自分が庇護していたトゥール近くのマルムティエの修道院で息を引きとり、ここで埋葬された。この修道院に暮らしていたことがある聖マルティヌスが、ウードの魂の救済のために神に働きかけることが期待された。さもないと神の赦（ゆる）しを得るのはむずかしいと本人もわかっていた。ユーグ王もおそらくは同じ動機にかられてのことであろう、九九六年の夏に、もっとも忠実な封臣ブシャール・ド・ヴァンドーム伯をともなって巡礼の旅に出た。巡礼は最高の敬神行為であり、天国への道としてもっとも有効であるとみなされていた。時間も金もかかるだけに。理想はエルサレムに行き、キリストの墓の上で死ぬことであった。それがかなわなければ、利幅が大きいこの手の商売を専門とする地元民に大枚をはたいて買い求めた聖遺物を手に、神の恩寵につつまれて帰国するのが望ましい。人々におそれられたアンジェ伯フルク・ネラのように、二度もエルサレム巡礼を果たした大貴族も何人かいた。エルサレムほどのありがたみはないが、ローマも効能ある巡礼地として人気だった。なにしろ、教皇庁の守護聖人である聖ペトロと聖パウロは、神との仲介役としてうってつけだった。だから教皇の前に跪く（ひざまずく）ことはよいことずくめだった。教皇は身分の高い巡礼に聖ペトロの墓から採取した土塊（つちくれ）を——運がよければ聖ペトロの骨のかけらを——贈ってくれるだけになおさらだった。ユーグは王になる前の九八一年にすでにローマ巡礼を果たしていた。それから一五年後、年老いたユーグ王はローマよりは近いが、自分の本拠地からははるかに離れたムランに近いスヴィニの修道院（スヴィニは現在のアリエ県内に位置する）を巡礼地に選んだ。まちがいなく敬虔な人物であったユーグにとって、この敬神行為には個人的な崇敬の念もこめられていた。

　というのも、クリュニー修道院の第四代院長マイユールが九九四年三月一一日に亡くなったのはスヴィニの修道院においてであり、その墓は付属教会の内陣にあった。プロヴァンス地方のヴァランソル出身のマイユールは九一〇年ごろに貴族の息子として生まれた。九一〇年は、マコン伯領を支配していたアキテーヌ公ギヨーム一世（敬虔公）がみずからの魂の救済のために修道院を建造すべくクリユニー領［ブルゴーニュ地方］を寄進した年であった。こうして建立されたクリュニー修道院は聖ペトロと聖パウロに捧げられたために、教皇庁じきじきの庇護のもとに置かれ、もっともすぐれた修道士たちの担当とされていた。数年後、ギヨーム敬虔公の封臣であるエマール・ド・ブルボン（ブルボン王家の遠い先祖）が、スヴィニに所有していた小修道院をクリュニーの修道院長に寄進した。これが、その後の数世紀で数十もの分院をかかえることになるクリュニー修道院にとってはじめての分院となった。九四八年、すでに大いに栄えていたクリュニーのエマール修道院長がマイユールを将来の後継者に指名した。こうした形での交代はまれであった。エマールは「年齢のために疲れ果て、体力がおとろえた（彼は視力を失っていた）わたしには、司牧の務めを果たすことがもはや不可能だと思う」と述べて引退した。後継者となったマイユールは四八年のあいだに指導者としてクリュニー修道院の勢力と威光をさらに数段引き上げた。高い教養と徳を身につけているだけでなく活動的なマイユールは、九六三年に修道院長の肩書きを得て以来クリュニーの名声を高めるのに邁進していたが、イタリアから戻る途中の九七二年、ラ・ガルド・フレネ（プロヴァンス地方）を根城としているサラセン人に捕まった。当人の値打ちが非常に高いうえ、クリュニー修道院網の財力は莫大だったので、身代金は銀一〇〇〇リーヴルと決まった。これだけの量がほんとうにサラセン人に渡されたかは定かではないが、マイユールには四―五トンの銀に相当する価値があったのだ。翌年、マイユールの親戚である伯爵ギヨーム・ダルルが、敵討ちとばかりにプロヴァンスに最後まで残っていたサラセン人を一掃した。マイユールの威信は絶大であったために、ランス大司教アダルベロンからは「修道士の父」とたたえられ、聖人伝作者は「修道院生活の君主であり、この世の王侯たちから主君および猊下とよばれている」と書いて賞賛をおしまない。おそらくは、ユーグ・カペーもマイユールをそのようによんでいたと思われる。彼は子ども時代からマイユールを知っていたにちがいない。クリュニーとユーグの一族との同盟関係は九三〇年代にさかのぼり、両者はいわば同時期に同じように台頭を続けたからである。年齢の違いにもかかわらず、フランク人の公ついで王となったユーグと、名声高いクリュニー修道院長マイユールは友情の絆で結ばれていた。信仰浄化の熱意を分かちあうことでこの友情はさらに深まった。一〇世紀のなかばより、西欧では信仰の実践を堅実、健全なものへと再生しようとする改革の風が吹いていた。一部の教会や修道院は本来のあり方を忘れて現世の誘惑にひきずられたために、九八〇年ごろの司教区会議で、ある修道院長が「あれらの高価なチュニックを両脇でしめてとめているると、ウエストが強調され、尻のふくらみがあらわになる。後ろから見ると修道士というよりは娼婦のようだ」と指弾するほどであった。

典礼の質の高さと修道生活の規則厳守、代々の院長の威光により、クリュニーは刷新運動の先頭に立ち、集めた寄進を修道生活のために活用した。領邦君主たちは、クリュニーのすぐれた修道士たちを招聘（しょうへい）し、自分たちが支配下に置いている修道院を正しい道に戻す任務を託した。修道院の世俗財産は正しく管理されるようになるうえ、なによりも修道院の徳と、そこで唱えられる祈りの質が高まれば保護者である領邦君主にとって幸いであり、君主としての正統性が強化されるからだ。ユーグ・カペーは主としてマイユールに助力を求め、マイユールはユーグの依頼に応じてマルムティエ、サン・ドゥニ、サン・モール・デ・フォセ、サン・ジェルマン・デ・プレの修道院を改革した。ユーグ自身も行動で篤（あつ）い信仰心を示した。サン・ヴァレリとサン・リキエの修道院のためにそれぞれの守護聖人の遺骸をとりもどし、聖遺物箱に納めてみずからの肩にかついで奉納したと伝えられる。もっと傑作なエピソードもある。ある日のこと、サン・ドゥニの教会に足をふみいれようとしたユーグは、一隅(いちぐう)でけしからぬ所業におよんでいる男女を目にし、信心深くも、はしたない二人の姿を自分のマントでおおい隠した…。要するに、フランク人の公から王となったユーグは、修道士たちの庇護者であり、同時に彼らから支持、支援されており、彼らのうちでもっともすぐれた人物であるマイユールと非常に親しい関係にあった。ゆえに、人生の最期が近づいたと感じたユーグが、二年前に亡くなって以来、その墓の上で起きた奇跡ゆえにすでに聖人と認められていたマイユールが眠るスヴィニに心の支えを求めようと出向いたのは当然のなりゆきであった。

## 王の死の三つの原因

ユーグは祈ったが、本人が願っていたと思われるスヴィニでの死はかなえられなかった。そこで、巡礼の杖にかえて王笏(おうしゃく)をふたたび手にとるため、初秋に帰途についた。そして旅程の三分の二の地点で休止し、死去した。われわれがもっている彼の死にかんする情報は、九九一年から九九八年にかけてランスのサン・レミ修道院の修道士リシェが書いた『歴史』の第四巻一〇八章の一文のみである。いわく、「*Hugo rex, papulis toto corpore confectus, in oppido Hugonis Judeis extinctus est.*」である(papulisは小膿疱を意味する)。これで、王の死因の一つが天然痘であったことがわかる。ただし、Judeisとあるので、後生の人々は「天然痘に罹患した王は自分が所有する城の一つで、ユダヤ人のせいで死んだ」と解釈した。当時、ユダヤ人コミュニティーは都市にとくに多かったが、農村部にもかなり存在していた。司教会議の規定により、ユダヤ人がゲットーから出ることは厳しく制限されていたが、じつはフランク人社会にそれなりに溶けこんでいた。伝統的に、王侯たちは医者としてユダヤ人を採用していた。ただしユダヤ人は簡単に悪魔の手先となると考えられていたので、そうしたリスクを承知のうえでの採用であった。そのために先に引用したラテン語の一文は、自身も医学知識をもっていたリシェが「ユダヤ人医師を用いたせいでユーグ王は亡くなった」とほのめかしたもの、と解釈された。ユダヤ人が実践する医療は病人を死にいたらせることがままある、と考えられていたからだ。以上の説明は長年にわたって受け入れられ、一九三七年になっても、学識豊かな編集者でリシェの著書の翻訳者でもあったルネ・ラトゥーシュは「ユーグはユダヤ人たちに殺された」と記している。ラトゥーシュはリシェが用いていた後期ラテン語にまどわされたのだ。ここでは、Judeisはユダヤ人を意味するのではなく、ユーグが在俗修道士として属していたトゥールのサン・マルタン修道院の所有地で、シャルトルの近くにあった土地の名前をさしている、というのが真実である。したがって、ユーグは自宅で亡くなったのも同然であった。

ユダヤ人にはなんの責任もなく、ユーグは病死した可能性が高い。しかし、この直接的原因にくわえ、より根深い原因もあった。ユーグ王は疲労困憊していた。むりもなかった。フランク人の公であったころも、ロテール王の味方になったり敵になったりで忙しかった。そして、即位して王の聖別式を行なうやいなや、大きな困難に直面した。原因を作ったのは故ロテール王の弟である低ロレーヌ公、シャルルであった。カロリング朝最後の三人の王の息子、弟、叔父であるシャルルは、自分にこそ王位継承権があると主張した。だが、シャルルは兄ロテールから遠ざけられた過去をもっていた。さらに、ロテールの息子ルイ五世の死後、後継者を決めるさいに、強力な神聖ローマ皇帝オットーの息がかかったランス大司教アダルベロンがシャルル不支持を表明した。しかしシャルル公は同調者をつのり、四年間も戦闘、談合、裏切りをくりかえしてユーグ王を悩ませ、もう少しで王位を奪うところまで行った。このシャルルをなんとか排除したと思ったら、今度はトゥール・シャルトル・ブロワ伯のウードがやっかいの種となった。なにしろウードはユーグのことをまるでばかにしていて、九九一年に「（ユーグは）統治者として無能で、栄光ぬきで生きている」と言いきっている（ウードのこの言い分には、それなりの真実があると認めざるをえないが）。ウードは、ユーグ王のもとで、もしくはかつぎ出して玉座にすえる別のフランク人の王（たとえば、上記の低ロレーヌ公シャルル）のもとで、ユーグ自身がかつてロテールやルイ五世のもとで担っていた職務、すなわち「フランク人の公」の職務を担う自分の姿を想像していたようだ。ユーグ王はこのウードがくりだす攻撃をかわすのに苦労し、アンジェ伯のフルクや、フルクの義理の父である忠臣ブシャール（ヴァンドーム・ムラン伯）を、ウードのライバルとして盛り立てなんとかしのいだ。しかし、死期が近いことを悟ったウード伯は、前述したように自分の死を準備することに専念し、ユーグ王に和解を申し入れた。必要であれば相当な額の金銭で問題を解決する話も出た。年老いたユーグには、平安を得るためにこの申し入れを受け入れる用意があったが、息子のロベールから猛反対された。これがユーグにとっての第三の死因となった。困惑と悲しみがもたらした心労である。

血筋ゆえでなく状況とみずからの働きゆえに王位についたユーグは、即位後すぐに息子ロベールにも聖別式を行なうことで王位の世襲をはかった。そのころ一五歳ほどであったと思われるロベールは、父親と異なり、博学で名高いジェルベールのもとで司教育成にふさわしいような立派な教育を受けていた（なお、ランスの大聖堂付属学校の運営責任者であったジェルベールは、やがて大司教となり、ついにはシルウェステル二世として教皇の座につく）。これは、ユーグが以前より息子のためになみはずれた将来を思い描いていたことを意味する。王座につかせることもすでに計画のうちだったのかもしれない。九八七年のキリスト降誕祭に、ロベールはオルレアンの聖十字架教会でランス大司教アダルベロンによって聖香油を塗油された。先例はいくらでもあった。小ピピンは息子のカールマンとカール（のちのカール大帝）に、カール大帝はルートヴィヒ（フランスではルイ敬虔王とよばれる）に聖別式を受けさせ、その後もカロリング朝の王たちの多くは自分たちの在位中に息子にも聖別式を受けさせた。九七九年に「フランク人の公」であったユーグの賛同を得て、ロテール三世がルイ五世に聖別式を受けさせたのがカロリング朝では最後となる。九八八年以降、ユーグと息子のロベールは共同統治をはじめるが、主導権はユーグにあった。ロベールはその学識ゆえに、教会や聖職者たちとの関係調整を担当していたと思われる。しかし、同年齢の仲間たちに背中を押されたロベールは焦れてきて、父親の後見からのがれようと策動をはじめ、父親の権威をあなどる行為が増えた。戴冠のすぐあとに父親の指図でフランドル伯の未亡人と結婚したが、自分の意思が通せるようになるとただちに、自分よりかなり年上でおまけに子どもを産むことができないこの妻を、彼女の抵抗にもかかわらず離縁している。そのころ、別の一人の女性の影がロベールのまわりに見え隠れしていた。伯爵夫人ベルトである。年かさの夫、トゥール・シャルトル・ブロワ伯ウードと比べてまだ若い——三〇歳ほどだったと思われる――ベルトは、ブルグント王コンラートの娘であり、カロリング朝のルイ四世の孫娘でもあった。すなわち、王家につらなる女性だった。二〇歳を超したロベールは、彼女の美貌、すでに証明ずみの子どもを産む能力、彼女が相続する資産（夫ウードが存命中はいっさい手を出すことができないが、いつの日か、すなわち夫が死んだら、息子たちの名義であるが彼女が手に入れることになる、夫が築いた莫大な伯領）ゆえに、ベルトに横恋慕した。ウード伯爵が望むユーグ王との和解は、ベルトとロベールの思惑とはあいいれないものだったようだ。ゆえに、ロベールはこれに反対した。しかも、過激なほどの反応をみせたようだ。父の悩みはこれでまた一つ増えた。しかし、和解拒否の知らせがとどく前にウードは亡くなった。未亡人となったベルトはすぐさま、夫の長年のライバルであったアンジェ伯フルクにおびやかされる自分の利益を護るためにロベールの庇護下に入った。同時に彼のベッドのなかにも入ったようだ。二人はそれだけでは満足せず、結婚を望んだ。ユーグとその友人たちは難色を示した。ブロワ伯の一族はこれまでユーグに害ばかりなしていたからだ。ブロワ伯未亡人が王家に入れば、勢力者であるアンジェ伯とその一党が王家から離反してしまう。ベルトから相談された大司教ジェルベールは、自分の教え子ロベールとの結婚を理詰めであきらめさせようとした。ロベールはベルトの息子の一人の洗礼で代父をつとめていたうえ、ロベールの父方の祖母とベルトの母方の祖母は姉妹であった。これにより、二人の結婚は近親相姦にあたると判断されるおそれがあった。実際のところ、二人の結婚は政治的な理由で問題視されていた。この二人に近親結婚禁止を言い渡すとしたら、西欧の貴族階級の結婚のほぼすべてを無効と宣言せざるをえないからだ。この結婚問題は、老王ユーグと信心にこり固まった王妃アデライードの晩年に暗い影を投げかけた。血をたぎらせた息子の望みはただ一つ、父親のくびきから自由になって一人で統治することだ、とユーグは感じとっていた。ロベールが待ち望む知らせがとどいたのは一〇月末であった。やっと自由になれた！　一か月後、司教のみならず、教皇までが容喙（ようかい）して禁止したにもかかわらず、ロベールはベルトと結婚する。

　ユーグの遺骸は温（ぬく）もりがなくなるやいなや、本人が在俗修道士として属していたサン・ドゥニ修道院に運ばれた。棺はトリニテ（三位一体）祭壇の前、一族ではじめて王位についた大伯父ウードの棺のすぐそばに置かれた。これ以降、たった一人の例外を除いて彼の子孫と王位継承者はすべて、この王家の墓に葬られる。フランス革命が起こると、ルイ一六世は先祖のあだ名との組みあわせでルイ・カペーとよばれ、サン・ドゥニのユーグ・カペーの横臥像は破壊された。

**〈参考文献〉**

Iogna-Prat, Dominique, et Picard, Jean-Charles (dir.), *Religion et culture autour de l'an mil. Royaume capétien et Lotharingie* (Actes du colloque « Hugues Capet 987-1987. La France de l'an mil », Auxerre-Metz, juin-septembre 1987), Paris, Picard, 1990.

Parisse, Michel, et Barral I Altet, Xavier (dir.), *Le Roi de France et son royaume autour de l'an mil* (Actes du colloque « Hugues Capet 987-1987. La France de l'an mil », Paris-Senlis, juin 1987), Paris, Picard, 1992.

Richer de Reims, *Histoire de France*, éd. et trad. Robert Latouche, Paris, Les Belles Lettres, coll.

« Classiques de l'histoire au Moyen Âge », 2 vol., 1930 et 1937, rééd. 1964 et 1967.
Sassier, Yves, *Hugues Capet. Naissance d'une dynastie*, Paris, Fayard, 1987.
Theis, Laurent, *L'Avènement d'Hugues Capet*, Paris, Gallimard, coll. « Trente journées qui ont fait la France », 1984.
——, *Robert le Pieux. Le roi de l'an mil*, Paris, Perrin, 1999.

〈注〉

1　Pierre Enckell, *L'Événement du jeudi*.

# 3　きわめて政治的な死

## フィリップ二世――一二二三年七月一四日

ローラン・フェレル

フィリップ二世は、ユーグ・カペーから数えて七代目にあたるカペー朝の王。神聖ローマ皇帝とイングランド国王を敵にまわしてのブーヴィーヌの戦いで勝利し、フランスを欧州の強国の一つとした。

尊厳王とよばれたフィリップ二世は、その死が本格的な演出の対象となったはじめてのフランス国王である。この演出は第一に、いずれも尊厳王の死にふれている年代記に読みとることができる。これらの記録は、中世における国王の立派な死にぎわとはどういったものかを伝えると同時に、故人追悼の出発点である葬儀についてもこと細かに記している。遺言と聖体拝領をすませたフィリップ二世は、当時の言葉でメスニとよばれていた身内に囲まれていた。すなわち、王が息を引きとったとき、寝台の周囲には使用人、顧問、友人、息子たちが集まっていた。遺骸はサン・ドゥニ大聖堂の墓所に運ばれた。墓の場所は、非常に重要なポイントであった。大聖堂内のどこに埋葬するかによって、フランス歴代の王のうちでの位置づけも決まるからだ。

フィリップ二世の死、葬儀、追悼は、彼にとって最後の統治行為であった。遺体もほかの人間、すなわち臣民のそれとは異なった扱いを受けた。故王の追悼式典はまぎれもない典礼となり、遺言のなかで本人が求めていたとおりの壮麗な規模で同時代の人々を驚かせた。

フィリップ二世の治世は、フランスの歴史のなかでもっとも長い統治のひとつである。一一七九年から一二二三年まで、じつに四四年続いたのだ。その間に、フィリップ二世は諸制度の構築者、新領土の征服者として人々の目に映った。反対勢力が疑義をはさみたがっていたカペー朝の正統性を盤石なものにしたのは彼である。ユーグ・カペーによる九八七年の王権掌握はいまや、連綿と続くカペー朝の一貫性のある歴史物語のなかにきちんと位置づけられた。フィリップ二世の死後、編年史家たちは彼の治世下におけるフランスの目をみはるような領土拡大について力説した。サン・ドゥニ年代記の執筆を先代から引き継いだ修道士は、フィリップ二世が併合した領土をうやうやしく列挙している。ヴェルマンドワ、ポワティエ、アンジュー、トゥレーヌ、メーヌ、アランソン、クレルモン、ボーヴェ、ポンティユーである（ただし、フィリップ二世のもっとも華々しい征服、すなわち一二〇四年のノルマンディ征服に言及するのを忘れている）。こうした新領土がくわわったことで、王領はわずかな年月で格段に拡大した。たった数十年で、王家が直接支配する領土は、九世紀に禿頭王シャルル二世［カロリング朝］が拡大した領土とほぼ同規模となった。安定して完成度が高い統治機構を整えたフィリップ二世は、ブーヴィーヌの戦いに勝ったことでノルマンディの所有権を主張するイングランド王家をしりぞけ、神聖ローマ帝国との紛争を収拾し、フランドルをふたたびフランスの影響下に置き、それ以降は絶大な威光を享受した。高位貴族に対する王権の優位はあらためて認知され、欧州におけるフランスの存在感はあきらかに増した。カペー朝の権威はゆるぎないものとなったので、王権の息子の一人への移譲はなんの問題もなく進められた。父親の存命中に王太子に聖別式を行なうのも不要となったが、これは一〇世紀以降、はじめてのことであった。そしてフィリップ二世の死をとりまく状況、その臨終と葬儀の演出は、王権をいっそう堅固なものとするのに寄与した。

## 病気

年代記執筆者たちは、一二二二年にフランスの空を彗星がよぎったと伝えている。彗星は不吉だとみなされ、君主の死の予兆であると考えられた。一二二二年九月より、パシ・シュール・ウールの居城に滞在していたフィリップ二世は四日熱［発熱型マラリア］を発症して周期的な発熱でかなり衰弱した。期間も重篤度もそのたびに異なる間歇(かんけつ)的な発熱は、マラリアのもっとも典型的な症状である。フィリップ二世はじつのところ、一一九〇年にエルサレムで発熱（神経系統がおかされて後遺症が固定してしまう粟粒(ぞくりゅう)熱、もしくはチフスであったと思われる）して以来、たえず体調不良をかこっていた。侍医たちが診療にあたり、当時の医学の教えにしたがって瀉血(しゃけつ)を行なった。だが王は通常の患者でもなければ、扱いやすい患者でもなく、自分の意思をもちつづけていた。処方された食事療法に従わず、侍医たちの意見を聞かずに肉食を続けた。病は重くなった。腕の瀉血個所に生じた感染が進行を早めた可能性は否定できない。

いずれにせよ、この悪性発熱は、席が温まる暇もないほど活動的だった王に待ったをかけた。一二一四年のブーヴィーヌの勝利以来、フィリップ二世はこの勝利で得たものを固めるのに忙しかった。王の編年史家の一人、トゥールのサン・マルタン修道院の修道士（名前は不詳）は、味わい深く生き生きとした文章でフィリップ二世の姿を描いている。

「美丈夫で体格がよく、禿頭（とくとう）であった。赤ら顔からは生きる喜びが発散され、葡萄酒と美食を好み、漁色家（ぎょしょくか）であった。友には寛大だが、敵の資産を羨望し、権謀術数（けんぼうじゅっすう）にたけていた。信仰深く賢明で、自分が言ったことはかならず守り、厳正な判断を迅速にくだした。勝利の女神に愛されていたが自分の命を気にかけ、すぐに怒りを爆発させるが、すぐに冷静になった。王国の有力者たちの狡猾（こうかつ）をくじき、彼らのあいだに不和を生じさせたが、牢獄に入れてもだれひとり処刑しなかった。身分の低い者の意見に耳を傾け、だれひとり憎まず、憎んだとしても短時間で終わり、おごり高ぶる者の調教師、教会の守護者、貧者を養う者としてふるまっていた」

もう一人、別の編年史家、ギヨーム・ル・ブルトンの証言を信じるのであれば、フィリップ二世は一二一四年から一二二三年にかけて、要塞の再建、都市の城壁の改良、道路の改修にかかりきりだった。王のこの政策は、フランスの風景に大きな変化をもたらした。防衛のための軍事設備の強化は、安全と治安を願うフィリップ二世がつねに気にかけていたことだった。人口増加にともなって古い城郭は手狭になり、一二世紀中ごろにはじまった王国の目をみはる繁栄は、費用がかさむ重要な設備投資を可能とした。すべての都市は城壁に囲まれており、都市の防衛は必須だった。外敵の脅威はあいかわらず存在しており、国家による国土の掌握はいまだに不完全だったからだ。都市は防衛体制整備を自費でまかなうことを余儀なくされ、それ以外の義務も生じた。たとえば、監視の役務を担当することで都市領土の防衛に最小限でも参加せねばならなかった。

以上のように王が忙しくすごしていた一二二三年の初夏、異端対策の諸問題を話しあうためにパリで教会会議が開催された。教会を守る戦いに深くかかわっていたフィリップ二世も参加することになっていた。議論の行方を見守るため、そして、高位聖職者のあいだで、もしくは彼らと王権のあいだで意見の相違が生じた場合に決断をくだすためである。侍医たちが用心して出席をひかえるよう意見したものの王は耳をかさず、パシ・シュール・ウールの居城をあとにしてパリへと向かった。しかし、マントに着いたところで体力がなくなり、やむなく床についた。

## 最後の意思

死期が近いと悟った王にとって、優先事項はもはや軍事設備の改良ではなく、自身の魂の救済であった。そのためには、まずは私人として、次にキリスト教徒としてやらねばならないことがいくつかあった。

王は早々に取り組もうと心を砕いた。病に倒れてから数日後、遺言のかたちで最後の意思を表明した。きわめて無味乾燥で感情表現がほぼ皆無の遺言であり、遺贈の一覧を提示するにとどまっている。これから引き出すことができる最初の情報は、この国王の莫大な蓄財の規模である。一三世紀の尺度をあてはめると、フィリップ二世の財力は無限であったと思われる。こうした財力を活用し、使途を決めることで、王は自分の死後も王国のゆくすえに影響力を発揮することができた。

王権がおよぶ領土——王領、および高位貴族が治める領地——が、フィリップ二世の統治下で驚異的に膨張したため、財源が一挙に増加した。領主権による物納や税徴収の機会は何倍も増え、領邦君主たちの財源もすべて王のもとに一極集中するようになった。まだ揺籃期であったとはいえ、公会計システムが有効に実働したおかげで、こうした財源はたいへん良好に管理されていた。いずれにせよ、城壁の拡張が示すように、当時のフランスが例外的な長期におよぶ、なみはずれた力強さの経済成長をとげていたからこそ、フィリップ二世の財力は増したのだ。さもなければ、領邦君主や領主たちの財源を王が奪っても、効果はなかったろう。

ゆえに何年も前から王家の財政は黒字だった。一二二一年、支出は収入の六五％にすぎなかった。言い換えると、領地からの収入と税収による支出のカバー率は一五〇％であった。一二二一年の収入は七三六五七リーヴルにのぼったが、フィリップ二世は四八四四七リーヴルしか支出しなかったため、この年だけをとってみても二五一二〇リーヴルの黒字であった。こうした黒字が積み重なって莫大な額となったため、もしフィリップ二世がこの富を適正に扱わなかったら吝嗇と非難されたかもしれない。しかし彼はキリスト教徒にふさわしい使い方を心がけ、神に奉仕するための支出によって、富が積み上がるのを放置するのではなく世間に金がまわるように努めることにした。

ゆえに、一二二二年九月の遺言による取り決めは、フィリップ二世の魂の救済のためのみならず、王国の将来にとってもきわめて重要な意味をもっていた。この時点で王の金庫には約一五万リーヴルの金が残っていた。目がまわるほどの金額である。しかし国王は遺言のなかで、総額七九万リーヴルの遺贈を指示した。これは、すぐにでも使うことができる国庫の流動資金をはるかに上まわる額である。王家の財政がこのまま黒字続きであるとの前提に立っても、一五年かからないと清算できないこの金額について、王はなにも説明していない。しかし、これらは政治的に意味のある支出であり、一二二三年七月に王となる長男（ルイ八世）に、父の政策を継続することを望むのであれば優先すべきことはなんであるかを教えている。フィリップ二世の遺言状は、故人の意向がその後も継続して（フィリップ二世の場合はかなりの長期間にわたって）実行されることを担保するという、遺言状に第一に求められる機能を満たしていた。父親の望みに応じて予算を立てることを後継者である息子に強制、義務づけているゆえに、この遺言が政治統制の手段であったことは明らかだ。

第一の重要なポイントは、フィリップ二世が臣下にあたえた損害の賠償に、かなりの金額がさかれていることである。遺言にこのような規定があるのはめずらしくなく、悔悛の意味がこめられていた。これを執行しようとすると多くの場合、まずは犠牲者を特定し、犠牲者がこうむった損害の金額を算定することになる。ルイ九世［フィリップ二世の孫］は、その治世の後半において賠償のための調査を恒常的に実施し、これを統治手段の一つとした。生前にこれを実行しなかったフィリップ二世は、一〇万リーヴルを限度として自分の過ちを償うよう遺言執行人らに指示した。孤児、未亡人、癩者という、中世社会を語る際に欠かせない三つのカテゴリーのこともフィリップ二世は忘れなかった。三者は救済すべき貧者の代表であり、彼らに施しと保護をあたえるのは君主たる者の義務であった。フィリップ二世は彼らのために四万リーヴルを遺した。

国王の遺贈の第二の受益者は王妃、すなわちデンマーク王女インゲボルグ［最初の妻と死別したフィリップ二世にとって再婚相手だった」である。新婚初夜がフィリップにとってトラウマをひき起こす体験となり、インゲボルグと二度と性的関係をもつことを望まなかったため、二人が一一九三年から別居していたことは知られているとおりである。これは大スキャンダルとなり、教皇庁が長期間にわたって執拗かつ粘り強く異議を唱えたため、一二一三年にフィリップ二世はインゲボルグと和解した。王妃はそれまでの二〇年間、自由も尊厳も地位も奪われていた［フィリップ二世によって修道院に幽閉された］。二万リーヴルという大金が遺言によって王妃にゆずられたのは、フィリップの償いたいというつわりのない気持ちの表明であった。トゥールのサン・マルタン修道院の修道士が残した年代記の記載を信じるとしたら、インゲボルグは寡婦資産として、収入と社会的地位を確保してくれるオルレアン伯領も受けとった。

フィリップ二世が死別した最初の妻、イザベル・ド・エノーとのあいだにもうけた長男（ルイ八世）は、フランス王国防衛もしくは巡礼実行を使途とする三八万リーヴルという巨額を遺贈された。なお、これは将来のエルサレムへの十字軍遠征の支援金とも解釈できる。ただし、ルイ八世の治世は三年と短かったのでエルサレムに向かうことはかなわかった。もう一人の息子であるブローニュ伯フィリップ・ユルペルは、義母インゲボルグと同額を受けとった。

しかしながら、もっとも大きな額の遺贈を享受することになったのは聖地エルサレムを拠点とする複数の騎士修道会とエルサレム王のジャン・ド・ブリエンヌであった。後者は、ローマ教皇とフランス国王に支援を請うために、近東を離れて西欧に来ていた（援助金も必要としていたが、それよりもなによりも一一八七年からトルコの支配下に置かれているエルサレムを奪還するために新たな十字軍の結成を望んでいた）。おのおのの騎士修道会は一万リーヴルを受けとり、ジャン・ド・ブリエンヌには、従軍期間を三年として騎士三〇〇人を募集、給金を支払うための一五万リーヴルが贈られた。

罪の償いと慈善、家族への贈与、十字軍関連は、三つの主要項目であった。こうした遺贈が、その一部でも実際に支払われたかどうかは不明だ。支払いにあてる収入の裏づけがない以上、遺言状のとおりに支払いが行なわれなかった可能性が大きい。いずれにせよ、たいへんな金額であるので、支払われたとしたら王国の財政に大きな負債としてのしかかったにちがいない。ラングドック戦争[1]をはじめとする緊急事態がまもなく出来するところだっただけになおさらである。

フィリップ二世は、自身のメモリア、すなわち、自分の事績が語り継がれ、自分の魂の救済のために祈りがつねに唱えられるための典礼のことも忘れてはいなかった。遺言状には、これにかんする二つの遺贈がふくまれている。一つは、本人がシャラントンに設立し、二〇名の司教座聖堂参事会員を集めた参事会教会へ支給される二五〇リーヴルの年金である。原資は、パリ奉行管轄区の収入と一万リーヴルの元金である。もう一つは、前者よりもはるかに興味深い遺贈だ。こみいった思惑がこめられた遺贈であり、このために息子のルイ八世はきわめて大きな金額がからむ交渉と買いとりを余儀なくされるからだ。すなわちフィリップ二世は、二〇人の修道士が毎日、そして永遠に自分の追悼典礼をとり行なうために、サン・ドゥニ修道院に由緒ある王冠類を贈った。言い換えると、収入を確保するのに必要な資本として宝石をあたえたのだ。父の死の数日後、ルイ八世はこれらの宝飾品を一六〇〇〇リーヴルで買い戻した。これは、フィリップ二世の追善供養に専念する二〇名の修道士を養うのに必要な金額に相当した。王家の宝石はこうして、修道院が莫大な額の資金を入手するための抵当として使われたのだ。王冠は王家の威光の象徴であるため、ルイ八世は戴冠式のために買い戻さざるをえなかった。

## いまわの際

身辺整理が終わると、王は、自分の死が違いと悟ったキリスト教徒がなすべき務めにとりかかった。まずは司祭たちを来させ、罪を告解し、聖体を拝領した。次に、息子たちをよびよせ、もう一つの遺言――政治的な遺言――とよべる訓戒を垂れた。フランドル出身の編年史家、フィリップ・ムスクがその内容を記録している。トゥルネで聖堂参事会員次いで司教をつとめたムスクは、一二四〇年から一二八〇年ごろまで執筆活動を続け、テーマと構成からいって叙事詩に近い『韻文による年代記』の作者として知られている。フィリップ二世の発言としてムスクが紹介しているものの大半はフィクションであり、名君の正しい死はかくあるべき、とムスクが考えるイメージに呼応している。ただし、瀕死の王が息子たちにあたえた勧告や訓戒については、真実を伝えていると思われる。息子たちに、兄弟がいつまでも仲むつまじく暮らすよう、そして教会との絆を強めるように諭したというのはありうることだ。とはいえ、ムスクがフィリップ二世の言葉や態度として何を伝えているかを紹介するのが有意義なのは、一三世紀のエリート層が望ましいと考える国王のいまわの際の発言がどのようなものであるかを教えてくれるからだ。

すでに述べたように、フィリップには二人の息子がいた。イザベル・ド・エノーとのあいだに生まれたルイと、教会が有効と認めなかったアニェス・ド・メラニとの結婚で生まれたフィリップ・ユルペルである。二番目の妻インゲボルグを離縁したあと、王の意にそおうとした司教会議からインゲボルグとの結婚は無効であったと認めてもらったフィリップ二世は、アニェス・ド・メラニと三度目の華燭の典をあげた。だが、教皇庁は司教会議とは異なり、インゲボルグとの離婚の手続きを有効とは決して認めなかった。フィリップ二世は、ブーヴィーヌの戦いの結果としてルノー・ド・ダンマルタンからとりあげたブローニュ伯領をフィリップ・ユルペルにあたえた。どちらの息子も立派な大人で、卓越した戦士であった。二人のあいだに不和が生じれば、重大な結果をまねきかねない。ゆえに、二人は死にゆく父の目の前で、親愛の情を固めるための行動に出た。すなわち、ムスクによると、フィリップ・ユルペルが兄のルイに臣下の礼をとると、ルイは見返りとしてクレルモン伯領を弟にあたえた。実際のところ、クレルモン伯領はそれよりずっと以前に親王領地としてフィリップ・ユルペルにあたえられていた。ムスクが真実とは異なるこの話を通じて強調しようとしたのは、フィリップ二世は主従の絆を結ばせることで息子二人のあいだの上下関係を明確にすることを望んだ、という点である。しかも、主従の絆がくわわることで、兄弟の絆――一般人の感覚では情愛――が強まる、という構図である。主従の絆は、主と従のあいだに「caritas」、すなわち情愛の交流があることを前提としている。ルイと弟フィリップとのあいだの情愛は、物質的な力と富の同義語である領地の授与によって倍加された。しかも、クレルモン伯領はフランスでもっとも豊かで、もっとも華々しい威光を誇る領地の一つであった。

フィリップ二世は財宝とその重要性についても語った、と伝えられている。息子たちはこれを保持して増やさねばならないが、それだけでなく、王国のよき統治のためには太っ腹な支出も必要だ。宝物は味方に誇らしく思ってもらうのに、財宝にふくまれる金銭は敵を破壊するのに役立つからだ。以上は、死にゆく王が財政管理を気にかけてあたえた指示、と解釈してよいだろう。先に述べたように、フィリップ二世は王国会計の仕組みを整えた。これは主として王領にかんする仕組みであった。財政管理に特化した機関は存在していなかった——国庫管理はテンプル騎士団に託していた——が、公財政管理の必要性は王の側近たちによって認識されていた。

フィリップ二世は息子たちにそのほかの忠告もあたえたらしい。息子たちは、平和を保ち、当事者の地位や身分や立場を考慮することなく正しい裁きをくだす使命を託された。先に引用した、フィリップ二世の人となりを紹介する一文が強調するように、裁判権は彼の権力の源泉の一つであった。彼がじきじきにくだす判断は迅速かつ公正であることで知られていた。このことは正義の守り手である君主にとって高く評価されるべき資質であり、紛争当事者らは進んで彼の判断を仰いだ。彼が控訴審のために創設したバイイ（国王代官）の制度は効率がよいために好評を博した。こうして、王国の広範な部分に君主特権を有効に行使することで王の威光はいやがうえにも高まった。

フィリップ二世の話は続いた。自分が征服した領土はひとつも返還してはならない。なぜなら、いずれも、フランス王国を裸にすることをもくろんでいた者たちからとりあげた土地であり、彼らの所有物がフランス国王の所有物となったのは正当な手続きにのっとってのことだからだ。フランス王領に併合されたノルマンディについて、イングランドは自分たちのものだと主張しているが、ヘンリー三世［イングランド王］やその後継者に返却してやろうという気持ちに傾くことはあってはならない、あくまでフランスの領土としてとどまるべきである。自分が接収したすべての領土についても同じである。なにも返してはならぬという意思はフランス王国の社会および政治のエリート層のあいだでも強く、トゥルーザンとラングドックの征服は無条件の併合で終わりを迎えることになる。また、ルイと弟フィリップは、一二一四年の戦（いくさ）［ブーヴィーヌの戦い］を煽動（せんどう）した二人、フランドル伯フェルナンド・デ・ポルトゥガルとブローニュ伯ルノーを決して赦（ゆる）さない、と父親の枕辺で誓わされた。ブーヴィーヌの戦いの敗者である二人は、戦場で捕虜となって以来、捕囚の身であった。彼らには赦免も解放もなしだ。ルイと弟はまた、すべてにおいて聖なる教会を愛し守り、教会との同盟関係と教会の支持を保全せねばならない、ともいわれた。これはむろんのこと、異端との戦いにおいて教会を支えること、具体的にいえば、フランス南部の異端カタリ派に対して軍事行動を起こすことを意味した。実際、ルイ八世は一二二六年に弟とともに軍勢を率い、王権に反旗をひるがえしたトゥルーズ伯の成敗に出発する。

二人の息子はさらに、王妃を母としてうやまわねばならず、継母（ままはは）とみなしてはならない、といわれた。フィリップ二世自身がインゲボルグにどのような仕打ちをしたかを考えると、これはかなりとぼけた話である。われわれが知っているフィリップ二世の性格を考えると、ほんとうにこのように命じたとは考えにくい。

ようするに、編年史家ムスクが粉飾したこうしたメッセージは、フィリップ二世本人が語るおのれの統治の総括であると同時に、後継者ルイ八世のための統治プログラムのように聞こえる。

父王が話し終えると二人の息子は枕辺を離れた。国王の身内、すなわち召使い、軍人、そばに仕えた顧問たちが近づき、死にゆく王をとり囲んだ。彼に仕える騎士たちは、これまでずっとそうであったように、だれよりもすぐそばにひかえた。フィリップ二世は、こうして皆に見守られるなか、息を引きとった。司祭たちは急いでよばれて駆けつけたが、臨終にはまにあわなかった。

敬虔なキリスト教徒としての死であったが、教会に一切合財をとりしきられる死ではなく、家族や親しい者たちへの社会的義務の履行、王国の将来への配慮を優先しての死であり、一三世紀の人々がよき死と考えていたもの――最後の瞬間まで自分の身分と尊厳を保った死――にきわめて近かった。

## 葬儀

亡くなった王は、王家の墓所であるサン・ドゥニに運び、先祖のそばに葬らねばならない。修道士たちが墓を用意した。当初、修道院はカロリング朝の禿頭王シャルル二世（八二三―八七七）の墓の上に置かれていた石棺（ライオンの彫刻で飾られた見事な石棺）を再利用しようと考えた。ところが、この石棺を開けてみたところ、炭がつまっていた。修道士たちはこれに一つの象徴を読みとった。サン・ドゥニ修道院に対してとった政策ゆえに禿頭王シャルルが劫罰を受けている証拠、と解釈したのだ。異母兄にあたる中部フランク王ロタールと東フランク王ルートヴィヒと骨肉の争いをくりひろげていたシャルルは、戦いを続けるため、修道院に納められる一〇分の一税をとりあげて、騎士たちに相続権つきであたえたらしい。このときの騎士の子孫たちはいまだにこの税の恩恵を受けていた。炭が劫罰の印であることは明白だと思った修道士たちは計画を変更し、実父であるルイ七世の近くにフィリップ二世を葬ることにした。

カペー朝の王をカロリング朝のシャルル二世のかたわらに葬るという考えに驚く向きもあろう。これは、フィリップ二世の母親がカロリング朝の血を引いていたため、カール大帝（シャルルマーニュ）の一族とカペー一族の結びつきが生まれ、血統の継続性が再開したこと、七世代の断絶をへて王国がカロリング朝に立ち返ったことを示すためであった。これをあきらめ、フィリップ二世の亡骸を父親のそばに葬ったことは、当初の考えとは逆にカペー朝の継続性を強調することにつながり、一〇世紀いらい歴史家や権力奪取を狙う者たちの胸にくすぶっている疑い、すなわちカペー朝の正統性にかんする疑いを決定的に排除するのに寄与した。

この間、マントでは葬列の準備が進んでいた。王の亡骸は絢爛豪華な服をまとい、式服を重ね、さらに金襴緞子をかぶせられた。頭には王冠をいただき、合わせた両手には王笏がそえられた。こうした君主の権力の象徴とともに葬られたフランス王の記録としては、これがいちばん古い。この死に装束は、故王が自分の代で勝ちとった崇敬がいかなるものであるかを示す第一の印である。第二の印しは、悲痛と追悼の念を人目もはばからずに示す聖職者たちに囲まれ、棺をマントからサン・ドゥニまで運ぶ葬列であった。

サン・ドゥニでは、パリ管区会議の高位聖職者が全員集まって葬儀ミサをとり行なった。教皇特使であるポルトの司教枢機卿のほか、大司教二名と司教二一名が列席した。エルサレム王のジャン・ド・ブリエンヌも、故人の名ざしの要請に応じて姿を見せた。この葬儀の壮麗な規模は、王は神聖であるという考えの誕生に寄与した。何をやっても思いどおりの結果を出したように思われるこの君主について、人々は彼がおさめた華々しい成功だけを心にとめ、神は彼の行動につねに恩寵をあたえてくださった、との印象を深くした。

## 〈参考文献〉


### 基本資料

Chronicon *S. Dionysii recentior*, dans E. Berger, « Annales de Saint-Denis, généralement connues sous le titre de *Chronicon sancti Dionysii ad cyclos paschales* », *Bibliothèque de l'École des Chartes*, t. 40, 1879, p. 261-295.

*Chronicon Turonense*, *Recueil des historiens des Gaules et de la France*, t. 18, Paris, 1822.

*Chronique rimée* de Philippe Mouskes, t. II, de Reiffenberg (éd.), Bruxelles, 1836-1838.

Guillaume le Breton, *Œuvres de Rigord et de Guillaume le Breton, historiens de Philippe Auguste*, H.-F. Delaborde (éd.), t. II, *Philippide*, *Paris*, 1885.

*Radulphi de Coggeshall chronicon anglicanum*, J. Stevenson (éd.), Londres, 1875.

*Richeri gesta Senonensi ecclesia*, MGH SS, XXV, G. Waitz (éd.), Hanovre, 1880.

### 研究書

Baldwin, John, *Philippe Auguste et son gouvernement*, Paris, Fayard, 1986.

——, « Le sens de Bouvines », dans *Cahiers de civilisation médiévale*, n° 30, 1987, p. 119-130.

Berné, Damien, « La place du testament dans l'économie de la mémoire capétienne à Saint-Denis », dans *Le Moyen Âge*, t. 119, 2013/1, p. 11-25.
Duby, Georges, *Le Dimanche de Bouvines*, Paris, Gallimard, 1973.
Erlande-Brandenburg, Alain, *Le Roi est mort. Étude sur les funérailles, les sépultures et les tombeaux des rois de France jusqu'à la fin du XIIIe siècle*, Paris, Arts et métiers graphiques, 1975.
Lewis, Andrew W., *Le Sang royal. La famille capétienne et l'État. France, Xe-XIVe siècle*, Paris, Gallimard, 1986.

〈注〉

1　フランス南部の異端を成敗するという名目で一二〇八年に開始された、いわゆるアルビジョワ十字軍の一環として、ルイ八世は一二二六年より新たな軍事作戦を指揮して攻勢に出た。その結果、ベジエ、アルビ、カルカッソンヌが王領に併合されたが、フランス南部での戦乱が終結するには一二三〇年代にトゥルーズ伯領が併合されるまで待たねばならなかった。

## 4 「われわれはエルサレムに向かう！」
## チュニスで死の床にあった聖王ルイ九世の言葉——一二七〇年

ジャック・ル・ゴフ

カペー朝九代目の王であるルイ九世は、父ルイ八世の早すぎる死によって一二歳で即位し、その統治は四四年間にもおよんだ。生前から聖人との評判が高かったが、死後に教会によって列聖され、聖ルイとよばれる。

ルイ九世は一二一四年生まれだと推定される。一二二六年、父のルイ八世の死によって王位についた。しかし、未成年であったので、彼の後見と王国の統治監督は母親のブランシュ・ド・カスティーユに託された。伝統にのっとり、幼い王はランスで一二二六年一一月二九日に王の聖別式を受けた。彼が実際に死を迎える前に、あわやのところで死をまぬがれたことが二度あったようだ。一度目は、反逆を起こした高級貴族のグループが誘拐をたくらんだために、王がモンレリの城に逃げこんだときだった。それまで、フランスの国王が殺害される事態は一度も起きたことがなかったが、謀反人らが少年ルイの身柄を奪ったとしたら何が起こっても不思議ではなかった。しかし、武装したパリ市民が大勢駆けつけて王を救出したので、母とぶじにパリに戻ることができた。二度目は、前回と違って人為的な原因によるものではないが死の危険は前回にまさるものであった。一二四四年に重病に倒れたときである。もし快癒したら十字軍を実行します、と神に誓いを立て、実際に死をまぬがれた。

「中世人の手本」とシャトーブリアンがよぶ聖王ルイがついに亡くなったのは一二七〇年八月二五日、所（ところ）はチュニス（チュニジア）であった。第二回の十字軍を率いていたルイは、パレスティナまでの比較的安全なルートが地中海沿岸に見つかるのではと期待してチュニスに上陸していた。第一回の十字軍では、海路でエジプトに到着したところで回教徒に捕まり（一二五〇年）、王妃マルグリットが身代金を支払うまでの一か月間、捕囚の身となった苦い思い出があった。そこで今回はルートを変更したのだが、チュニス攻囲のさなかにチフスに罹患し、これが死につながった。

王の聴罪司祭として臨終と死に立ち会ったジョフロワ・ド・ボーリユーは、仔細（しさい）を書き残している。以下がその抜粋である。

「病が重くなったので、王は意識を清明に保ったまま、まことにキリスト教徒らしくまことに敬虔に聖霊と最後の秘跡を授かった。われわれが連祷（れんとう）とともに七つの詩編を唱えながら終油の秘跡を示すと、王も詩編の詩句を唱え、連祷のなかで聖人たちによびかけ、篤い信仰心とともに神への仲介をお願いした。死が近づいているのはさまざまな兆候で明らかであったが、王の心を占めるのは神への思いとキリスト教信仰の高揚のみだった。王が枕辺に立っているわれわれに話しかけようとしても、かすかな声をしぼり出すのがやっととなっていたので、われわれが言葉を聞きとるために王の口もとに耳を近づけると、神への信仰に満たされた真のカトリック教徒であった王は『神への愛のため、チュニスにカトリック信仰を普及させ、根づかせようではないか。さて、これができる宣教師としてだれを送りこんだらよいだろうか？』と述べた。そして、今回とは異なる状況下でチュニスにおもむいた経験があり、チュニス王と面識がある一人のドミニコ会修道士を指名した。（中略）体と声の力が少しずつ弱っていったが、王は可能なかぎりの努力を傾けて声を出し、ご自身がとくに信仰していた聖人たち、なかでも王国の守護聖人である聖ドゥニ［聖ディオニジオ、三世紀のパリ司教］に力ぞえを求めた。このような状態であっても、われわれは、聖ドゥニに捧げる祈りの終わりの部分である『主よ、あなたに愛を捧げるわたしたちのため、地上の富貴をさげすみ、逆境をおそれぬ力をお授けください』を王が何度もくりかえして唱えるのを耳にした。王はいく度もこれらの言葉をくりかえした。王はまた、キリストの使徒、聖ヤコブに捧げる祈りの冒頭部分『主よ、あなたの民を救済し、お守りください』を数回くりかえし、ほかの聖人のことも敬虔にたたえた。神の僕（しもべ）であった王は、十字架の形に灰をまいた寝台の上に横たわったまま、至福のうちに創造主にその命をお返しした。それは、神の子キリストが世界の救済のために十字架の上で息を引きとられた時間とぴったり符号していた」。死の前夜、聖王ルイは「われわれはエルサレムに向かう！」とつぶやいたと伝えられる。

## 扱いがやっかいな亡骸（なきがら）

王の死で、側近たちは二つの問題に直面した。一つは、王の亡骸をチュニスから、フランス国王の伝統的な墓所であるサン・ドゥニにどうやって運ぶかという、物理的な問題であった。もう一つは政治的な問題だった。チュニスに同行していた王の若い息子、フィリップ三世がサン・ドゥニ修道院に葬るというしきたりを断固として支持している一方、ルイの弟であるシチリア王シャルル・ダンジュー［イタリアでのよび名はカルロ一世］が別の案を出したのである。それは、パレルモ近郊のモンレアーレに建立されたシチリア王家大聖堂に葬る、という提案であった。

政治的な思惑（おもわく）の対象となった亡骸のゆくすえについて、妥協が成立した。いくつかのケースですでに実証ずみのやり方にしたがい、亡骸は切り分けられた。フィリップ三世は骨を受けとってサン・ドゥニにもち帰ることになった。聖遺物となる可能性があるのは骨のみであり、フィリプ三世をはじめとする多くの者がルイ九世は教会から聖人と認定されると考えていたからだ。シャルル・ダンジューは、遺体の柔らかい部分、すなわち肉と内臓で満足した。このように肉体を「硬い部分」と「柔らかい部分」に分けて考える論法は、象徴的な意味で権力の論法であった。心臓の扱いについては、はっきりしていない。フィリップ三世は叔父が内臓といっしょにモンレアーレにもち帰ることを承認した、と伝える者がいる一方、新王となったフィリップ三世が骨とともにサン・ドゥニにもち帰ったと主張する者もいる。後者のほうが本当だと思われる。サン・ドゥニの修道士たちが、国王たちの心臓は骨とともに自分たちの教会に納められるべき、と考えていたことは知られている。また、サン・ドゥニの聖王ルイの墓に一七世紀にきざまれた文言は、墓には心臓がおさめられていると証（あか）している。眉唾ものの仮説も存在する。たとえば、心臓はアフリカで保存されたという説があり、これがルイ九世はアフリカで第二の人生を送ってイスラム教に改宗したという伝説のもととなった。ルイ九世が王宮の敷地内に建立したサント・シャペル（パリ）に納められた、との説もある。

編年史家のプリマによると、ルイ九世の亡骸の解体にたずさわった従者らは四肢を順番に断ち切り、水と葡萄酒のなかで長い時間をかけて煮たので、真っ白な骨が肉からきれいにはずれ、力をくわえずともかんたんに取り出すことができた。フランスの十字軍と回教徒であるチュニスの首長のあいだで協定が結ばれ、そのなかの一条は「故王の遺骸をキリスト教徒たちがフランスにもち帰るのを認める」との内容であった。

永遠の眠りにつく墓所を目的地とする故王の旅は、そのはじまりがもっとも波瀾万丈（はらんばんじょう）であったといえよう。一二七〇年一一月一一日に十字軍は船でチュニスを離れ、船団は一四日にはシチリアのトラパニ港に投錨した。ここで、この帰還の旅を襲う災難の第一号が発生する。一五日から一六日にかけての夜間、おそろしい嵐によって船団の大半が破壊されたのだ。新王とその妃は前日に、故王の遺骨とともに船を降りていた。故王の遺骨は（おそらくは心臓とともに）小さな棺に入っていた。父親ルイ九世よりも数日前にチュニスで亡くなった、息子の一人ジャン・トリスタン（彼の死をルイ九世に隠しとおすことはかなわなかった）の骨も同じように小さな棺に納められていた。ルイ九世の棺は、二頭の馬の背に渡された二本の棒の上に置かれて運ばれた。故王の礼拝堂付き司祭、ピエール・ド・ヴィルベオンの遺骸を納めた三つめの棺もフランスへと運ばれていた。トラパニに滞在しているあいだに、国王一家はふたたび不幸にみまわれる。故ルイ九世の娘婿であるシャンパーニュ伯ティボーが亡くなったのだ。彼の遺骸は四つめの棺に納められた。いくつもの棺を運ぶこの旅を襲った二番目の災難は、フィリップ三世の若い妃、イザベル・ダラゴンの落馬であった。一二七一年一月一一日、カラブリア地方（イタリア）の増水した川を渡っているときに起きたこの事故により、王妃は予定よりも早く産気づいて死産した。そして王妃も一月三〇日に死去した。したがって、新王と軍隊がつきそう葬列は、ルイ九世の棺にくわえて四つの棺を運ぶこととなり、ことさら悲壮な性格をおびた。

一行はゆっくりとイタリア半島を北へと向かい、ローマ、ヴィテルボ（当時、枢機卿たちが新しい教皇を選ぶためにここに集まっていた）、モンテフィアスコーネ、オルヴィエート、フィレンツェ、ボローニャ、モデナ、パルマ、クレモナ、ミラノ、ヴェルチェッリを通過した。その後、モン・スニ峠のシュズ隘路を通ってアルプスを越え、アルク川沿いのモーリエンヌ地方を北に向かい、リヨン、マコン、クリュニー、シャロン・シュール・マルヌ、トロワをへて、一二七一年五月二一日にようやくパリに着いた。途中、またしても禍々（まがまが）しい出来事が起きていた。ルイ九世の弟、アルフォンス・ド・ポワティエとその妻のジャンヌが北イタリアで、一日をはさんであいついで亡くなり、リグーリア地方のサヴォーナ大聖堂に葬られたのだ。

ルイ九世の棺はパリのノートルダム寺院で展示されたのち、一二七一年五月二二日、パリの聖職者たちとサン・ドゥニ修道院とのあいだに主導権をめぐってすさまじいいざこざが起きているなかで、サン・ドゥニで葬儀が営まれた。遺骨がチュニスを出発してから、最終的な安息の地にたどりつくまで、じつに九か月もかかったことになる。

## 列聖までの長い歩み

ルイ九世の死にまつわる物語はこれで終わりにならなかった。彼がまだ存命のころから、教会や宮廷の重要人物たちは、ルイ九世は聖人であり、列聖されるだろう、と考えていた。聖人と認定してもらうための運動は、サン・ドゥニへの埋葬以前にはじまった。棺に納められた王の遺骨はシチリアですでに奇跡を起こしはじめ、教皇庁はそのうちの二件を真性だと認めた。その後の旅の途中でも、三件の奇跡が起きた。そのうちの二件は北イタリアを舞台としている（パルマで一件、レッジョ・エミリアで一件）。それよりもなによりも、サン・ドゥニの墓所に棺が安置されて以降、奇跡は頻発した。長いあいだ、信仰篤き者が死後に聖人と認定される（列聖）手続きは、民の声（*vox populi*）の高まりによって、あるいは地元の高位聖職者の主導によって進められるのが決まりであった。ところが、教皇イノケンティウス三世（在位一一九八―一二一六）の時代から列聖は教皇庁のみがもつ特権となり、教皇が指名する審査官らによる長い調査をへて列聖申請は認定、もしくは却下されるようになっていた。列聖の条件のなかで点数が高いのは奇跡であり、明白に事実であると認定される奇跡がすくなくとも一件は起きていることが必要とされた。列聖審査は、三つの団体の圧力に押されてはじまった。民衆（世評、民の声）、ルイ九世の息子で後継者であるフィリップ三世を筆頭とするカペー王家、そしてフランスの司教団である。ルイ九世が親近感をいだいていた修道会もこの運動にくわわった（シトー会もさることながら、ドミニコ会とフランシスコ会がとくに熱心だった）。ルイ九世列聖の支持者たちは数が多く、身分も高いうえ、故王の聖性の根拠となる証言にはこと欠かなかったので、認定手続きは迅速に進むだろうと期待された。しかし、実際には二七年もかかることになる。第一の理由は、教皇が短期間で次々と交替したことである。新教皇が選出されるごとに、ルイ九世の列聖審査はすくなくとも部分的にふりだしに戻った。

十字軍に参加してパレスティナにいた一二七一年九月に教皇に選出されたグレゴリウス一〇世は、ローマに戻って教皇庁で執務をはじめてすぐの一二七二年三月四日に、ルイ九世の聴罪司祭であったドミニコ会修道士、ジョフロワ・ド・ボーリューに手紙を書き、ルイ九世にかんする情報をできるかぎり送るよう求めた。寝ても覚めても十字軍と聖地エルサレムのことばかり考えていた新教皇は、二回も十字軍を率いたルイ九世に強い関心をいだいていた。一二七四年の第二回リヨン公会議ののち、フランスのランス大司教とサンス大司教、この二人の下にいる司教たち、およびドミニコ会フランス管区長が、ルイ九世の列聖審査開始を求める手紙を教皇に書き送った。自分たちの故王を聖人にという運動は、国をあげてのキャンペーンという様相を呈した。ルイ九世のもとで顧問と大法官をつとめたシモン・ド・ブリは、教皇のグレゴリウス一〇世、次いでニコラウス三世からこの件で意見を求められ、最初は内密にやがて公式に調査を実施した。そのシモン・ド・ブリは、一二八〇年八月に教皇に選出されてマルティヌス四世となると、ルイ九世の列聖審査を急がせた。新教皇はその一方で、奇跡が起きた複数の場所にフランス人高位聖職者三名を派遣し、数多くの証人の聞きとりを行なわせたことで手続きを長引かせてしまった。貧者が大多数を占める三三〇名からは奇跡にかんする証言を、多くは身分が高い三八名からは故王の品行やふるまいにかんする証言を集めた。しかし、歴代の教皇が早く亡くなり、ニコラウス四世の死後は一年半以上も教皇空位期間があり、やっとのことでケレスティヌス五世が教皇に選ばれると、前代未聞の「教皇辞任事件」[1]が起きた。そして一二九四年一二月二四日にケレスティヌス五世の後継者となったボニファティウス八世が、オルヴィエートに滞在していた一二九七年の八月四日、ついにルイ九世列聖の決定を告げた。教皇は八月一一日にルイ九世をたたえる説教を行ない、故王の正式な列聖を宣言する勅書（ちょくしょ）「主に栄光と祝福（*Gloria laus*）」を出し、ルイ九世の命日八月二五日を記念日とした。こうしてフランスは列聖された国王をもつ国となり、八月二五日は聖ルイの日となった。一二九八年八月二五日、サン・ドゥニ修道院で荘厳な記念ミサが行なわれた。新聖人の孫である端麗王フィリップはもとより、のちに「聖王ルイの生涯」を執筆するジャン・ド・ジョワンヴィルをはじめとする列聖審査の証人となった多くの人々、多数の高位聖職者や高級貴族、役人、騎士、町人、庶民が大聖堂を埋めつくし、聖王ルイの遺骨は「奉挙（ほうきょ）」され、聖遺物箱に納められて祭壇の後ろに安置された。

## まことに人気の高い聖遺物

聖人の死の物語は棺の奉挙（ほうきょ）が行なわれた日で終わりとならない。聖遺物の物語が続編としてくわわるのだ。中世においては、聖人たちの遺物はつねに、まごうかたない「贈り物政治」の対象とされた。この点から見て、聖王ルイの遺物にはたいへんな価値があった。彼の後継者である王たちは、これを大いに活用することになる。大小さまざまな骨のかけらがサン・ドゥニを離れ、フランスの数多くの教会に納められた。端麗王フィリップは、祖父の遺骨をサン・ドゥニからパリのサント＝シャペルに移して、カペー王朝の威光を高めるのに利用することをもくろんだ。教皇ボニファティウス八世の同意は得られたが、サン・ドゥニの修道士たちは猛反対して移送阻止に成功した。一三〇五年一一月にリヨンで新教皇に選ばれたフランス人のベルトラン・ド・ゴ（クレメンス五世）は、体のなかでもっとも重要な部位と当時の人々が考えていた頭部（心臓よりも重要視されていた）をサント・シャペルに移すことをサン・ドゥニ修道院に受け入れさせた。修道士たちをなだめるために、顎の先、歯、下顎はサン・ドゥニに残された。心臓がどうなったのかはわからず、死した聖王ルイとその聖遺物のその後の物語には不明なところが多い。教皇が残してくれたわずかな聖遺物を立派に見せるため、サン・ドゥニ修道院は絢爛豪華な聖遺物箱を制作させ、一三〇七年八月二五日に端麗王フィリップと大勢の高位聖職者と高級貴族の立ち会いのもと、盛大にお披露目した。

聖王ルイの骨はその後も、端麗王フィリップとその後継者たちによって小分けにされた。ベルゲン近くの島に聖王ルイに捧げる教会を建立したノルウェイ王ホーコン・マグヌソンは、指の骨を受けとった。そのほか、パリのノートルダム寺院の参事会、パリとランスのドミニコ会、ロワイヨモンとポントワーズの大修道院も、貴重な「贈り物」をほかにさきがけて受けとった。一三三〇年から一三四〇年のあいだにパリを訪れたスウェーデン王妃ブランカ［フランス出身であり、フランス名はブランシュ］は、ヴァデステーナにあるビルギッタ会修道院［スウェーデンのマグヌス四世と王妃ブランカにかつて女官として仕えたビルギッタが創立した修道会。ビルギッタは死後に列聖される］に納めるためにいくつかの骨のかけらが入った聖遺物箱を受けとった。神聖ローマ皇帝カール四世も、一三七八年のパリ来訪のさいに骨のかけらを受けとり、プラハ大聖堂に送った。一三九二年、聖王ルイの残りの骨は新たな聖遺物箱に納められたが、この機会にシャルル六世は携帯用の肋骨一本を教皇に贈り、別の肋骨二本をベリー公とブルゴーニュ公にあたえ、新聖遺物箱お披露目の儀式に出席した高位聖職者たちに骨一つを渡して分けあうように指示した。一五六八年、反プロテスタンティズムの盛大な礼拝行進が行なわれたさいに、すべての骨がパリに集結した。一六一〇年九月、アンリ四世の未亡人であるマリー・ド・メディシスは骨を一つ受けとったが、これを後悔し、息子のルイ一三世が王の聖別式を受け王となるときに返却した。ルイ一四世の母であるアンヌ・ドートリッシュは一六一六年にほんの小さな肋骨のかけらをもらったが満足できず、翌年にまるまる一本の肋骨を手に入れた。フランス革命のあいだ、サン・ドゥニの王家墓所が革命派によってあばかれ、遺骸が冒涜破壊されたとき、聖王ルイの骨は棺に残っていなかった。一二九八年に聖遺物箱に納められたからである。しかし聖遺物箱も破壊され、なかに残っていた骨は散逸、もしくは徹底的に破壊された。

心臓がどうなったかは謎のままである。研究者たちによる、あれやこれやの議論が続いた。一八四三年、サント・シャペルで工事が行なわれたさいに、祭壇の近くで一人の王の亡骸（なきがら）の一部が発見された。聖王ルイのものだと主張する者が現れ、激しい論争が起こった。しかし、現代の歴史研究者たちはそのように断定することは不可能だとみなしている。もっともなことだ。聖王ルイの心臓は、フィリップ三世がチュニスで決定したとおりにサン・ドゥニの墓に納められ、一七九三年に革命派が聖遺物の残りを破壊したときに犠牲となったにちがいない。最近でも心臓を発見しようとの試みがあるが、望み薄だと思われる。

シャルル・ダンジューによってシチリアのモンレアーレに納められた内臓は一八六〇年まで同所に

存在していた。この年、ガリバルディ［イタリア統一運動の指導者］の兵士たち（千人隊）によって追われたスペイン・ブルボン系のシチリア王フランチェスコ二世は、聖王の内臓をガエータ、次にローマにもちさり、その後はフランツ＝ヨーゼフ皇帝が住まいとして用意してくれたオーストリアの城に運んだのち、パリに移るときも大切にもっていった。一八九四年にパリで亡くなったフランチェスコは、内臓を納めた聖遺物箱をラヴィジュリ枢機卿と彼が設立したアフリカ宣教会「ペール・ブラン」に遺贈した。カルタゴ（チュニジア）にある同宣教会の大聖堂に納めるためである。こうして聖王ルイの内臓は、彼が息を引きとったチュニジアに戻ったのである。

## 死に対する考え方

聖王ルイの遺骸の分解は、キリスト教圏で行なわれた最後の遺骸分割である。一二九九年、ボニファティウス八世は勅令「忌避すべき野蛮行為について（*Detestandae feritatis*）」を出し、遺体の分割は野蛮でおぞましい風習だと断じ、以降は禁じると宣告した。しかし、遺体の尊厳を守り、大切に扱うことを人々に強く求める教会の意図がにじみ出たこの決定をもってしても、遺体分割という長年慣れ親しんだ風習の完全な放棄を、キリスト教徒たち、とくに社会階層の上部に属する人々を納得させることはできなかった。異教由来の風習ではあるが、キリスト教への改宗後も偉大な人物へのオマージュとして守られてきたからだ。偉人の場合、ばらばらの場所に三つの墓——体の墓、心臓の墓、内臓の墓——があることは、不敬どころか、彼らがいかに傑物であったか、生前にどれほどの権勢を誇っていたかを証(あか)すものであり、墓が複数あることとで死後も権勢が保たれる、と考えられていた。フランスでは、こうした感覚と心臓を別に葬る風習は革命まで続いた。死と遺体のとらえかたが近代的なものへと変化するのは革命後である。

聖王ルイ自身が生前に、自分の周囲の人間、とくに王家の人間の死と墓所に大きな関心をいだいていたことにふれずして、彼の長い死の物語を終えるわけにはゆかない。彼の関心の中心は当然ながら、ユーグ・カペーを嚆矢(こうし)とする代々のフランス国王が眠るサン・ドゥニの王家墓所であった。かつてはメロヴィング朝のダゴベルト一世やカロリング朝の禿頭王シャルルが個人的にサン・ドゥニを自分の墓所と定めたのに対して、カペー朝はここを王家の霊廟とみなしていた。社会の頂点に立つ国王の優位性を強調するため、聖王ルイ九世がサン・ドゥニの王家の墓を改装させたのは一二六三—一二六四年ごろだと思われる。このとき、実際に君臨したことがない人物の亡骸はすべて王家霊廟から排除された。ルイ九世の母、ブランシュ・ド・カスティーユが生前に墓所として選んだのは彼女自身が設立したモービュイッソンの女子修道院であり、母を敬愛していたルイ九世がこれに変更をくわえなかったのはいうまでもない［ルイ九世の方針にしたがえば、王妃は夫とともにサン・ドゥニに葬られるはずである］。しかし、王の子だが君臨しなかった者たちはサン・ドゥニからたちのかされた。死の床にあったルイ九世は、かわいがっていた四男ジャン・トリスタンの死去を知ると、彼をサン・ドゥニに葬ってはならない、と最後の力をふりしぼって命じた。ジャン・トリスタンは結局、ルイ九世からたいへんに愛されたロワイヨモンのシトー会修道院の教会に葬られた。この教会にはルイ九世の夭折した子ども数名が葬られていたので、王家の子の墓所としての性格をすでにおびていた。

死者の像をきざみ、王家や諸侯の庇護を受ける教会の石の墓の上にこれを置く習慣が広まり、横臥像とよばれる彫像が増えはじめたのは、ルイ九世の時代である。証拠となる記録はなにも残っていないが、王自身がこの風潮を推奨したのではないかと思われる。横臥像は、ルイ九世が思い描く死した権力者のイメージの具現化だったのではないだろうか。自分の遺骸がどのように扱われ、その後に聖遺物となってどのような運命をたどるのかを想像していなかったルイ九世は、教会および世俗の偉大な人物や聖人の遺体のうちに、肉体の神格化のイメージを見ていた。これは、十字架の上の、もしくは聖母マリアの膝の上の、死せるキリストへの崇敬が広まるにつれて浸透しはじめたイメージであった。

聖王ルイの死は、政治的な一大事であるにとどまらない。キリスト教とヨーロッパ社会が高名な死者をいかにたたえていたかを示す具体例でもあるのだ。

〈参考文献〉

Bande, Alexandre, *Le Cœur du roi. Les Capétiens et les sépultures multiples XIII$^{e}$-XV$^{e}$ siècle*, Paris, Tallandier, 2009.
Beaune, Colette, *Naissance de la nation France*, Paris, Gallimard, 1985.
Erlande-Brandenburg, Alain, *Le Roi est mort. Étude sur les funérailles, les sépultures et les tombeaux des rois de France jusqu'à la fin du XIII$^{e}$ siècle*, Paris, Arts et métiers graphiques, 1975.

Le Goff, Jacques, *Saint Louis*, Paris, Gallimard, 1996; coll. « Folio », 2013.
Lewis, Andrew W., *Le Sang royal. La famille capétienne et l'État. France, Xe-XIVe siècle*, Paris, Gallimard, 1986.
Mercuri, Chiara, Saint Louis et la Couronne d'épines. Histoire d'une relique à la Sainte-Chapelle, イタリア語の原著をPhilippe Rouillardがフランス語訳、Paris, Riveneuve, 2011.

〈注〉

1　一二九四年一二月一三日、ケレスティヌス五世は選定からたったの五か月でみずから退任した。聖徳のほまれ高い修道士であって「政治」には向いていなかったために、就任後たちまち批判を浴びせられて退位を決意した。こうしてみずから身を引いたにもかかわらず、次の教皇ボニファティウス八世によって幽閉されて死亡する。

# 5 最期まで王

## シャルル五世の死——一三八〇年九月一六日

フィリップ・コンタミーヌ

ヴァロワ朝三代目の王、シャルル五世は百年戦争のさなかにフランスを統治し、イングランドに奪われた領地のほぼすべてをとりもどし、王権の威光の回復につくした。たいへんな教養人であったことでも知られている。

一三三八年一月二一日、すなわち聖女アグネスの日にヴァンセンヌの森の城で生まれたシャルル（のちの国王シャルル五世）は、父の善良王ジャン二世がポワティエの戦いで敗れてイングランドの捕虜となったために、一三五六年から「国政」を担うことになった。ノルマンディ公にしてヴィエノワのドーファン［ドーファンはドーフィネ公を意味していたが、シャルル五世以降、フランスの王太子をさす言葉となる］でもあったシャルルは、国王代理、次いで摂政となった。たいへんな重責を背負わされたことになる。父親の解放を求め、身代金を用意し、イングランドとの百年戦争で疲弊しているフランス王国の救える部分をなんとか救うだけではなく、国内の反対勢力の圧力をのりきる必要もあった。後者のうちでもっとも危険なのは、パリ商人頭［パリ市長に相当］のエティエンヌ・マルセルに与する者たちであった。エティエンヌ・マルセルは、すべての不幸は稚拙な国政、権力のお粗末きわまりない行使に原因がある、と考えていた。革命とまでいわずとも、改革がぜひとも必要だとの主張である。

シャルルが一三六四年に即位したとき、彼の父であった善良王ジャン二世とイングランド国王エドワード三世とのあいだで一三六〇年に結ばれたカレー条約によって、フランス王国は法律上、一三五六年当時と比べて三分の一を失っていた。フランス南部のトゥアールからバイヨンヌにかけて、すなわち二二の司教区が広大なアキテーヌ公国として、エドワード三世の長男で、すでに王太子を名のっていたエドワード黒太子の領地となっていた。シャルル五世はこの国土喪失に見切りをつけ、まだ残っている領土の秩序回復に努め、パリ、ルーアン、オルレアン、トゥール、リヨン、トゥルーズ、モンペリエをまだ支配下に置いていることに満足することもできたろう。しかし、彼はそんなことに満足しなかった。ゆえに、カレー講和条約の効力をそぐために、軍事、外交、財政の仕組みを整えることに邁進した。支持者を見つけ出し、精力的なフランス大元帥ベルトラン・デュ・ゲクランの力を借りて軍隊を立てなおし、直接税と間接税を制定し（一三四八―四九年、一三六〇―六二年、一三七四年のペストをへて、当時の人口は一三四〇年代と比べて三〇―四〇％も減少していたと思われる。それだけに、国民は重税感をおぼえた）、王家の権威を回復させて本人の国王としての価値を高めるためのプロパガンダに着手した。こうした努力が報われ、一三七五年には一三六〇年に譲渡した領土の大半をとりもどすことができた。敵のイングランドは負けを認めないうえ、ブルターニュ公のジャン四世を筆頭とする味方をフランス王国内にまだかかえていたことは事実だが。

教養があり、美しい本が好きで、みずからの政治哲学を陶冶（とうや）するのに役立つ偉大な思想を愛したシャルル五世は、教養と行動力をそなえた知識人であった。権威を示して、家族、とくに弟たちを従わせるすべも知っていた。これはだれにでもできることではなかった。

現代のわれわれも、当時の芸術品をとおしてシャルル五世の風貌を知ることができる。「ナルボンヌの祭壇飾り」（ルーヴル美術館所蔵、発注者であるシャルル五世の姿も描かれている）、ルーヴル宮殿の装飾の一部であったと思われる立像、一三七二年にジャン・ド・ヴォデタルがシャルル五世に献呈した彩色細密画入りフランス語聖書（ハーグのメルマノ美術館所蔵、王に献呈するシーンの挿絵も入っている）である。いずれを見ても、「ゴシック風の鼻」（ポール・クローデルの言葉）が印象的だ。ヴェネツィア出身でフランスの宮廷で活躍した女性詩人、クリスティーヌ・ド・ピザン（一三六四頃―一四二九頃。以降、クリスティーヌとよぶ）は、有名な『賢明王シャルル五世の事績とよき品行の記録』（一四〇四年）のなかで、王の「風貌と体型」を非常に詳しく描いている。それによると、王は背が高く、体型は美しく、腰まわりは細いが肩幅があり、目と髪は茶色で、額は広く、顔色は青白かった。冷静で、話術が巧みで、感じのよい声で語る話の内容は秩序だっていた。要するに、語りかける相手を感服させ、つねに王者としてふるまい、服装だけをとってもほかの人間との違いをきわだたせていた（時代の風潮で側近の貴族たちが丈の短い平服を着ていたのに対し、毛皮つきの長い式服を好んで身につけていた）。思慮深さと節度を指針にしようと心がけていたが、これは意思の弱さを意味せず、彼は自分が何を望んでいるのかを明白に意識し、無規律をいみ嫌った。

## 証言

「同じく、上記の一三八〇年九月一六日、日曜の午（ひる）、ボーテ・シュール・マルヌの館にてフランス国王シャルル五世が崩御された」。これが、同時代に（おそらくは大法官ピエール・ドルジュモンの監督下で）作成されたフランス王国公式年代記が簡潔に伝えるシャルル五世の死である。フィリップ六世からルイ一二世までの、中世におけるヴァロワ朝歴代国王の交替劇を追ってゆくと、予測にたがわず、一人一人の国王の死について崩御と同時期もしくはほんの少しあとに正確な情報が――とくに歴史として残すための文書のなかに――几帳面に記録されていることがわかる。そこには、死亡の場所、正確な日付、さらには、言葉少なだが、当該君主崩御の背景や状況も記されている。とはいえ、まさにシャルル五世にかんしては、こうしたそっけない記録だけが残っているわけではない。われわれにとって都合のよいことに、貴重な二つの証言がシャルル五世の最期の詳細を伝えているのだ。第一の証人は前述のクリスティーヌ・ド・ピザンであり、『事績とよき品行の記録』の終章「賢明王シャルルの崩御と見事な最期の記」で、約二〇〇〇文字をついやして語っている。著名な女性詩人であるにとどまらず、省察力と教養をそなえた女性であったクリスティーヌは、医師、天文学者、占星術師としてシャルル五世に仕えたトマ・ド・ピザンの娘であるだけでなく、秘書官としてやはりシャルル五世に仕えたエティエンヌ・カステルの妻でもあった。これは、彼女の情報源が実際に国王の死に立ち会った人々であったことを示唆する。一七世紀中ごろから、歴史研究者や博学者は『事績とよき品行の記録』の存在を知っていて、参照していた。一八一九年にははじめて印刷版が出され、その後もいくつか別の版が登場したが、一九三六年と一九四〇年にはついにシュザンヌ・ソラント監修の完全版が日の目を見た。クリスティーヌの証言よりも多くの言葉をついやしている二番目の証言は、一八八六年にバルテルミ・オレオによって発見され、出版された。著者名は不詳だが、第一人称で書かれている。王の臨終に立ち会った聖職者の一人かもしれない。日付は記されていないが、ほぼその場で書きとめられたことは明らかだ。本物の文人であったクリスティーヌが、フランス王家の内部に限定されるかもしれないが、人に読まれることを予期して文章を綴ったのに対して、この証言は流布(るふ)を想定していない。以上の二つの証言は、書かれた目的は完全に一致しているとはいえないが、どちらも教化と善導を狙っているゆえに方向性が同一であり、互いに互いを補完する関係にある。ラテン語で書かれた著者不詳の記録は、フランス語によるクリスティーヌの記録とくらべて二〇年ほど古いので、クリスティーヌは前者の存在を知っていて参考にしたのであろう、というのが専門家たちの一致した見方だ。正確に内容を把握するために、だれかに頼んでラテン語からフランス語に訳してもらったうえで、これに多少とも自分なりの脚色をくわえたのかもしれない

この二つのテキスト――そのうちの一つは、本物の証言という形をとっている――を手がかりとして、病苦にさいなまれる王、祈る王、統治者としての王、という補完関係にある三つの側面からシャルル五世の死にアプローチすることが考えられる。

# 病苦にさいなまれる王

すべての状況を勘案(かんあん)すると、一三三八年生まれのシャルル五世は一三六〇年代から、もしくはその少し前から深刻な健康問題をかかえていたようだ。一四世紀の年代記作者のなかでもっとも多作で、もっとも才能があるが、もっとも正確とはよべない（彼がうわさ話好きだったのは明らかだ）ジャン・フロワサールの言葉を信じるのであれば、シャルル五世は、一時期は味方であったが敵方にまわったナバラ国王カルロス二世に毒を盛られた。フロワサールは、シャルル五世の母方の伯父である神聖ローマ皇帝カール四世が送りこんだ謎めいたドイツ人医師が、現代人ならドレーン（排液管）とよぶであろう器具を王の左腕に装着したので、あわやというところで王の命は助かった、と伝えている。この装置が毒に侵された体液を定期的に排出する、とのことだ。医師は自分がほどこした措置に大満足したものの、もしドレーンが乾いてしまったら、毒が効きはじめ、手のほどこしようもないまま遅くとも一五日以内に陛下はお亡くなりになるでしょう、と警告したらしい。

毒を盛られたというこの話の真贋(しんがん)は、当然ながら重要ではない。ただし、シャルル五世、および側近、世論がこの話を信じた可能性を一蹴(いっしゅう)することはできない。一三六四年の戴冠以降、まだ「若さの盛り」（クリスティーヌ）であったにもかかわらず、シャルル五世の健康状態は万全とよべる状態ではなかった。彼はあきらかに自分の体をいたわり、大事にしていた。処方されていた薬のうちのいくつかについては、何であるかを推測することもできる。馬を駆って長距離移動することがなくなり、戦場での武勇伝もとだえ、顔色は青白く、体はやせおとろえ、くりかえし発熱し、右手は重いものをもちあげることがかなわなくなった（おそらくは、慢性的な浮腫のため）。一三七四年にフランス国王の成年を満一三歳に定める王令を発布したのは、自身の健康への不安が高まったためだと考えられる。同じ年には、自分の死後に執行すべしとした遺言状をしたためている（一三七九年に遺言変更証書が作成された）。フランドル伯未亡人は一三七九年六月、サン・ジェルマン・アン・レでお目にかかった国王は「とても弱っておられ、体調がお悪かった」、と手紙に書いている。一三八〇年一月、今度はアンジュー公ルイに宛てた手紙によると、シャルル五世はそのころ、痛風の発作（今回は、病名がはっきりしている）のためにモンタルジ近くのメ・ル・マレシャル城で八日間動くに動けない状態であった。のちにシャルル五世は小康状態をとりもどした。すくなくとも、そのまま悪化の一途をたどったとの情報はない。六月にはランスまで移動して、劣化していた要塞の修復工事を視察する力はまだあった。パリ地方に戻ると、たいへんに気に入っていたサン・ポルの館ではなく、建築に力を入れていた彼が手がけた建造物の一つであるボーテ・シュール・マルヌの城もしくは館に身をおちつけた。ヴァンセンヌの森のはずれに位置し、鹿がたわむれる「高貴な大庭園」（一四世紀の詩人、ウスターシュ・デシャンの言葉）に囲まれたここは、ペストが猛威をふるう首都の瘴気（しょうき）もとどかぬ心地よい場所であり、四角い塔と広い別館があった。別館には、天井の低い回廊、天井の高い回廊、複数の部屋がそなわっており、そのうちの一つである「大寝室」でシャルル五世は息を引きとることになる。礼拝堂もあったと考えるべきだ。

王にとって致命的となる発作は、一三八〇年九月一三日木曜から一四日金曜にかけての夜に起こった。朝になり、いよいよ危ないと悟った王は罪を告解し、ミサにあずかって聖体を拝領したがほんの小さなかけらしかのみこむことができなかった（臨終の聖体拝領についての言及は意味深い）。王は少し具合がよくなり、食卓についてほんの少し食べ、一種の長椅子（cubiculum）の上で昼寝をしたあと、医師の指示にしたがって寝台に戻った。苦しみは続いた。一四日から一五日にかけての夜はつらいものだった。土曜の朝、少し気分がよくなった王は、周囲の者を安心させ、元気に見せようと努めたが、ふたたび苦痛がはじまり、今回は胸の苦しさもともなった（狭心症だろうか）。食事後、王はいつもとは異なり饒舌であった。譫妄状態だったのだろうか？　夕方には小康状態となり、周囲は、王の命は助かるのでは、と期待した。しかし、夜となると、王は叫び声、うめき声をあげるようになった。朝、王の目がうつろとなり、収縮した唇のあいだから歯がのぞき、青白かった顔色はいまや黄色くなったのを見て人々はおそれおののいた。言葉を発するのもままならなくなった。体はこれ以上ないほど苦痛にさいなまれた。脈は感じとれないほど弱くなったかと思うと、速まった。こうした状態にもかかわらず、王は歌付きミサに列席するために礼拝堂に自分を運んでほしいと強く求めた。美しい旋律の歌、オルガンの響きが王の肉体的、精神的な苦しみを鎮めた。寝台に戻った王は清明な意識のままで終油の秘跡を受け、周囲の者たちの大半に退出するよう命じ、左脇腹を下にして横たわり最期を迎えた。ヨハネによる福音書のキリスト受難のくだりの朗読が終わろうとする正午ごろ、泣きぬれる第一侍従ビュロー・ド・ラ・リヴィエール（王にとってもっとも親しい友であった）の腕のなかで王は息を引きとった。

　実のところ、クリスティーヌも氏名不詳の記録作者も王の病気の名前をあげていない。彼らの関心事は病名ではなく、王がほぼ最期まで保った清明な意識、命への執着の不在、王が味わった苦痛の激しさを強調することだったからだ。「わたしは（王の）病気について語るつもりがない」と書いたクリスティーヌは興味深いことに、同じ年の七月一四日に「よき元帥」であり、王の「騎士団の軍功」の立役者であったベルトラン・デュ・ゲクランが亡くなったことは予兆であった、と述べている。アレクサンドロス大王の「よき馬」であったブケパロスがご主人様の死の数日前に死んだように。クリスティーヌはまた、賢明王シャルル五世の死は、彼の人生と美徳の帰結として理屈にかなった見事な大団円（だいだんえん）である、とみなしている。「人口に膾炙（かいしゃ）した格言」が述べるごとく、「ものごとが完璧であるかは、最後を見ればわかる」から、というのが理由だ。彼女は同時に、王はむなしい希望などもっていなかった、と強調する。すなわち、「体質」の弱さゆえに自身を悩ます病苦に打ち勝って長くもちこたえることは不可能だ、自分の死は遠くない、と王は知っていた、と述べている。

その一方で、どちらの史料も占星術にもとづく「予兆」といったことにはいっさい言及していない。当時、占星術で将来を予測することはさかんであったことを考えると、それよりもなによりも、「最高の医師で、シャルル五世から報酬を受けとり、重用されていた占星術師」でもあったジェルヴェ・クレティアン師も王の最期に立ち会ったと思われるだけに、これは不思議である。なお、ジェルヴェ・クレティアンは国王の支援を受け、パリのラ・アルプ通りの近くに数学と天文学を――おそらくは占星術も――教える寄宿学校を設立しており、奨学金を二名の学生にあたえていた。注目すべきは、このジェルヴェは、善良王ジャン二世のロンドンでの客死（かくし）（一三六四年四月八日）を予知したことで評判をとっていた（一五世紀の天文学者にして占星術師であるシモン・ド・ファールによる）のに、ジャン二世の息子であるシャルル五世の死は予知できなかったことだ。クリスティーヌと氏名不詳の証言者は、当時の大知識人ニコル・オレームなどからうさんくさいとみなされていた占星術の話にはふれまい、とあえて決めていたかのようだ。

ジャン・フロワサールが伝えている毒殺の噂をクリスティーヌがよく知っていた蓋然性は高い。第一に、毒殺説を唱えているのはフロワサールだけではない。セント・オールバンズ（イングランド）の修道士、トマス・ウォルシンガムもラテン語で綴った年代記のなかで、厭味(いやみ)をたっぷり交え、次のように語っている。「そのころ、フランス国王とよばれ、誓いを破って不当にも王国を占拠していた［一三六〇年のカレー和平条約をシャルル五世が遵守していない、とのあてこすり］シャルルは、イングランド国王［エドワード三世］と教皇ウルバヌス［六世］聖下の大敵であったが、人の話によると、身内に毒を盛られ、イングランド国王に対して不正な戦争をしかけ、対立教皇［クレメンス七世］に与(くみ)した罪を相当に悔いつつ死んだそうだ」

## 祈る王

フランスの国王をさすときの決まり文句にしたがえば「まことに信仰篤いキリスト教徒の王」「フランス国王は王の聖別式をへるゆえに、このようによばれていた」であるシャルル五世の最期の三日間には、このような場合に通例となっている宗教儀式が定期的にとり行なわれたのみならず、病に苦しむ王、やがて死にゆく王が唱える、もしくは唱えたとみなされる、声に出しての祈りもさしはさまれた。王の口から出た祈りの言葉は、第一の史料にはラテン語で書きとめられ、クリスティーヌはフランス語で記している。シャルル五世は、暗記していたいくつかのラテン語の文言をのぞき、祈りをフランス語で唱えたと考えるのが妥当であろう。

もっとも重要な祈りは日曜の朝に、聖遺物「キリストの茨の冠」と戴冠式用の王冠を目の前にして唱えられた。そのころサント・シャペルに保管されていた聖遺物のなかでもっとも尊い前者はパリ司教のエムリ・ド・メニャクが、後者はサン・ドゥニ修道院長のギー・ド・モンソーがそれぞれ、王の求めに応じてもちよった。茨の冠に捧げた祈りによると、キリストの血を浴びたこの冠を目にすると王は蜂蜜を味わったかのような満腹感をおぼえると同時に、救済の希望をあたえられて喜びを感じた。同じ冠でも戴冠式の王冠については、王は祈りのなかで、貴重であると同時にまことに無価値である、と述べている。貴重であるのは、これが秘める「正義の神秘」ゆえだ。まことに無価値なのは、戴く者にとってこれは労苦、不安、苦悩、心と体と良心の苦しみ、魂の危険を意味するので、泥のなかに落としてひろわないほうがよいくらいだからだ。シャルル五世にとって、茨の冠には自分を救済する力があるが、罪を犯さずして統治することは不可能であるゆえにフランスの王冠は自分を地獄に落とすおそれがあるのだ。実をいうと、筆者不詳の証言には「キリストの茨の冠」への言及はない（話のインパクトを強めようとしたクリスティーヌの作り話だろうか？）。また、フランスの王冠にかんする慨嘆も、中世の終わりに原文でも翻訳でもそれなりの人気を得ていた、古代ローマの歴史家ウァレリウス・マクシムスの著書「有名言行録」の一節からヒントを得た創作かもしれない。

最後から二番目の祈りは、アブラハムがイサクにあたえた祝福［旧約聖書］を思わせる、自分の後継者となる長男への祝福の祈りであり、王国の繁栄と臣民の従順さを強調する言葉をつらねている。

ただし、将来のシャルル六世（一二歳）とその弟のルイはそのころペストを避けてムランにいたために、遠くからの祝福であった。

最後に、ビュロー・ド・ラ・リヴィエールの求めに応じ、その場にいる一同を祝福する祈りが唱えられた。聖職者にふさわしいようなおごそかな祈りであり、王はこれをラテン語で唱えたと思われる。すでに何度も何度も耳にしていた文言だったからだ。「全能の神、父と子と聖霊の祝福が、あなたがたの上に降り、いつまでもとどまらんことを（*Benedictio Dei omnipotentis Patris et Filii et Spiritus Sancti descendat super vos et maneat semper*）」

ジャン・ジュヴェナル・デ・ジュルサンが筆者と伝えられる年代記は「彼の死は美しく、まことのキリスト教徒として亡くなった」と述べている。

## 統治者としての王

より注目すべきは、最期の日の朝の六時もしくは七時ごろ、シャルル五世にはたてつづけに三つのメッセージを出す力が残っており、ぜひともそうしたいと執念を燃やした事実だ。弱々しい声をふりしぼっての発話であったにちがいないが。第一は、西方教会大分裂（教皇庁分裂）にかんするメッセージである。一三七八年からカトリック圏は分断され、ローマの教皇として最初に選定されたバルトロメオ・プリニャーノ（ウルバヌス六世）を支持する国と、数か月後にアヴィニョンの教皇として選ばれたロベール・ド・ジュネーヴ（クレメンス七世）を支持する国（フランスもふくまれる）が対立していた。このメッセージのなかでシャルル五世は自分には悪意も、党派的な思惑も、利害の計算もない、と厳正に誓った。以下が、王が語った経緯である。自分は当初ウルバヌス六世を承認したが、やがて数多くの枢機卿から情報がよせられたので聖俗の顧問たちの意見を聴いたところ、一人を除いて全員から、プリニャーノ選出のコンクラーヴェ［枢機卿による選挙］で枢機卿たちは脅迫を受け、自由に投票できなかった、と聞かされた。キリストの御前に出て生前の行ないについて申し開きをする瞬間が近づいていたシャルル五世は、全員が「教会の擁護者」で「真のカトリック」であった歴代のフランス国王の伝統を引き継ぐことを願い、自分は収集した意見に従っただけであると釈明しつつ、クレメンス七世を支持する立場に変わりがないことを明らかにした。ただし、普遍的教会［カトリック教会］の判断に従うのにやぶさかでないし、世界司教会議が今後開催されるとしたら、その決定を受け入れる、とも述べた。

二つめは、自分の遺言状にかんするメッセージである。遺言の順当な履行に必要なだけの金額がヴァンセンヌ城に別途保管されていると述べたのは、この遺言は条項があまりにも多く、実行に移そうとするとたいへんな費用がかかる内容なので、履行されないのではと懸念していたからだ。一種の係争物委託措置を発動してこの準備金を守る必要がある、とつけくわえたのは、強欲な肉親に手出しをさせないためだ。念頭にあったのはおそらく、弟であるアンジュー公ルイであろう。シャルル五世は、アンジュー公がぜいたくざんまいの生活を送りたがっていると知っていた、もしくは、そうではないかと疑っていた。クリスティーヌは、「以前に作成した遺言と遺贈にかんして、（王は）そのままの形で履行されることを望んだ」と記している。氏名不詳の筆者はとまどいを隠せない筆致で「（王の）蓄財についてては、手短に述べるにとどまる。ほめられるべきことではないからだ」と記したうえで、王の櫃のなかには人が思っていたほどの財宝は入っていなかった、とつけくわえている（シャルル五世には、六〇トン以上の金に相当する一八〇〇〇万フランという途方もない金額を貯めた、との噂があった）。

三つめは、クリスティーヌが書き落とし、氏名不詳の筆者が次のように短くふれているメッセージである。「王は竈税やそのほかの賦課を進んで廃止することを決定し、顧問が廃止すべきだと自分に知らせていたら、もっと以前に廃止していたのだが、と述べた」。興味深い発言である。王国のすくなくとも一部で、課税に対する不満に端を発した反乱が勃発する寸前だったからだ。とり返しのつかぬ事態になる前に、鎮火にあたるべきだ、との判断だったのだろうか？　これは、先見の明を欠く破滅的な決定だとしばしばいわれてきたが、政治的な英断とみなすことも可能である。

王の指令を受けた忠実な書記官ジャン・タバリが、以上の三つのメッセージを書き起こし、三つの証書を作成した。

第一の証書は、一七世紀から不完全な形で存在が知られていたが、教会大分裂研究の大家である歴史家、ノエル・ヴァロワによってあらためて見いだされたものであり、ラテン語で書かれた「公文書」の形をとっている。内容は教会分裂にかんする国王の立場の表明であり、氏名不詳の筆者の話と完全に一致している。証人として二五人もの人物の名をあげている。

第二の証書のなかで、シャルル五世は遺言執行者一五名（パリ司教、ボーヴェ司教、王室の重臣である酒類管理官と大法官、第一侍従のビュロー・ド・ラ・リヴィエールなど）に対して、自分と七年前に亡くなった王妃の借金をすべて返済するよう命じている。借金のうちには、デュ・ゲクランの遺言執行者と、パリの金銀細工師と商人の何人かに王が支払うべき金額がふくまれている。借金返済のため、王は二〇万フランをとり分けてヴァンセンヌの森の城の塔に保管していた。この塔の鍵を所持することができるのは遺言執行者のみ、とされた。

三つめの証書は、臣民への哀れみと同情につき動かされた王が「確かな情報にもとづき、全権をもって、格別な厚情により」竈税を廃止する、と宣言する王令である。竈税とは、「戦費調達のために」、いくつかの義務と引き替えに国王から特権を授かっている都市のみならず「平らな国（農村部）」においても、原則として全戸から徴収していた税である。「もはや（竈税）はわが王国には存在せず、わが臣民は今後、この税をいっさい支払うことがなく、現在も将来も免除される」。当然ながら、王国の財務担当官たちは国王が最後にくだしたこの決定を秘密にして、その履行をさまたげようと画策したにちがいない。しかし秘密にしておくのは不可能であった。一〇月には、王国内の「（行政官が）おふれを出す」場所で王令が公布された事実をわれわれは知っている。これは、大きな財政危機の予告であった。

シャルル五世は私人として亡くなったのではない。彼の伝記を著わしたフランソワーズ・オートランが指摘するように、瀕死の王は召使いや聴罪司祭のみならず、当時の政界を構成していた三つの身分の代表にもとり囲まれていたからだ。三つの身分とは、聖職者、シャルル五世がしばしば御前会議への出席を許していたジャン・ダルクールに代表される大貴族、そしてパリの商人頭ジャン・ド・ボンヌのような大ブルジョワである。その一方で、すぐ近くにひかえていたと思われるものの、近親者の姿はなかった。すなわち、シャルル五世の三人の弟（アンジュー公のルイ、ベリー公のジャン、ブルゴーニュ公のフィリップ）も、義理の兄であるブルボン公ルイもいなかった。それだけでなく、女性も——王女も貴婦人も召使いも——死にゆく王の寝台から遠ざけられていたと思われる。

## 治世の評価、死後によせられた賛辞

いまわの際でシャルル五世がとった措置は、彼の治世——短期すぎたということもあって中途半端な印象をあたえるものの、多くの点で王国の失地回復を果たした——が終わろうとする時点でフランスに残っていた問題の数々を反映している。おもなものとして三つの問題が解決を待っていた。第一は、二人の教皇の存在。第二は、奪われた国土回復のための戦費として不可欠だったかもしれないが国民の反発をまねいた重税。国王はむだな建造物を築くために莫大な財宝を貯めこんだ、と非難する世論が高まっているだけに反発は大きかった（ボーテ・シュール・マルヌの城はほんの一例にすぎず、シャルル五世はヴァンセンヌ、ムラン、モンタルジ、クレイユに築城した。忘れてはならないのが、パリを防衛するためというよりパリを監視するため築かれたバスティーユ城だ）。第三は、イングランドからの侵略者に正面から対抗してはならない、というシャルル五世の指令であった。折も折、シャルル五世が亡くなったときは、七月にカレーを発って進軍していたバッキンガム伯トマス・オブ・ウッドストック［イングランド王エドワード三世の末子］が、フランス国王に公然と反旗をひるがえしているブルターニュにまだ到達していない時期であり、対応が問題となっていた。

臣民全員がシャルル五世の死に涙を流したかは明らかではないにしても、「初代から四代までのヴァロワ朝国王年代記」が紹介している一種の墓碑銘はこの王に対する評価として注目に値する。「きわめて賢明な高徳の士、道義心および高位の身分ゆえのすぐれた判官。鷹揚で、気前よく分けあたえた。すぐれた能力ゆえに、その敵の多くを引きよせ、打ち破った。あまたの財宝を勝ちとり、収集した。仕える者たちを非常に大切にし、その数を増やした。立派な建物を築くことを好んだ。王国のいくつもの教会に多くの寄進をおこなった」

もっとも感動的とはよべないかもしれないが、シャルル五世の死を嘆くもっとも大仰な哀歌——もしくは弔辞——は、国王陪食官にして顧問もつとめ、側近として王の死にも立ち会ったフィリップ・ド・メジエールが、道を踏みはずした甥のジャン・ド・メジエールを諭すために書いたラテン語の書簡の一節である。「昨年、すなわちキリストの受肉から数えての一三八〇年目の九月一六日に起こったいまわしい雷鳴と痛ましい大地震の音が聞こえないほどの聾者がはたしてガリアの王国［フランスのこと］にいただろうか［シャルル五世の死を雷鳴と大地震にたとえている］。地上の王たちのうちから、君主のなかの君主であるあの方がおそろしき死に襲われた、おぞましくも苦渋に満ちた日であった。あの陰鬱な日に、いずこにあってもその信仰心と神をうやまう気持ちと温和な心ばえでお側に近づく者を明るく照らしていた西欧の大きな太陽が光を失ったのだ。（中略）西方から東方にいたるまで、南から北にいたるまで、かつて輝きを放っていたわれらが太陽であった。（中略）ああ、なんということだ、神の御心のなかで選ばれた百合は、灰となってしまった。（中略）あー、シャルル、シャルル、わたしたちはあなたの貴重で輝かしい光を奪われてしまった。（中略）甥よ、おそろしき雷鳴を聞くがよい、（中略）肉体と魂を引き裂くまでの強烈な雷に打たれたおまえのおじの話を聞くがよい、（中略）わたしが負った傷は不治だと思われるゆえに。朝に花を咲かせ夕べには枯れる草のごとく、わたしは打たれたのだ。たしかにわたしの心は苦しみに乾き、わたしの目は痛恨の淵に沈んでいる」

**〈参考文献〉**

*Chronicon Angliae ab anno Domini 1328 usque ad annum 1388, auctore monacho quodam Sancti Albani*［Thomas Walsingham］, éd. Edward Maunde Thompson, Londres, Longman and Co, 1874.

*Chronique des quatre premiers Valois (1327-1393)*, éd. Siméon Luce, Paris, chez Mme veuve Jules Renouard, 1862 (Société de l'histoire de France).

*Chronique des règnes de Jean II et Charles V*, éd. Roland Delachenal, t. II, Paris, Renouard, 1916 (Société de l'histoire de France).

*Epistola Philippi de Maseriis, cancellari regni Cipri, ad nepotem suum ortatoria et perutilis omni sacerdoti*, Besançon, Bibliothèque municipale, manuscrit.

Hauréau, Barthélemy, « Notice sur le numéro 8299 des manuscrits latins de la Bibliothèque nationale », dans *Notices et extraits des manuscrits de la Bibliothèque nationale*, t. XXXI, 2e partie, Paris, Imprimerie nationale, 1886, p. 278-280. Mandements et actes divers de Charles V (1364-1380), éd. Léopold Delisle, Paris, Imprimerie nationale, 1874.

Phares, Simon de, *Le Recueil des plus célèbres astrologues*, éd. Jean-Patrice Boudet, 2 vol., Paris, Champion, 1997 et 1999 (Société de l'histoire de France).
Pisan, Christine de, *Le Livre des fais et bonnes meurs du sage roy Charles V*, éd. Suzanne Solente, t. II, Paris, Champion, 1940 (Société de l'histoire de France).
Valois, Noël, « Le rôle de Charles V au début du Grand Schisme (8 avril-16 novembre 1378) », *Annuaire-Bulletin de la Société de l'histoire de France, année 1887*, Paris, 1887, p. 225-255 (pièce justificative no V).

研究書

Autrand, Françoise, *Charles V le Sage*, Paris, Fayard, 1994.
Coville, Alfred, « La relation de la mort de Charles V », *Journal des savants*, 1933, p. 209-222.
Delachenal, Roland, *Histoire de Charles V*, t. V, *1377-1380*, Paris, A. Picard et fils, 1931.
Miskimin, Harry A., « The last act of Charles V : the background of the revolt of 1382 », *Speculum*, n° 38, 1963, p. 434-442.

# 6 不人気だった国王のひかえめな死

## ルイ一一世——一四八三年八月三〇日

ジャック・エルス

ルイ一一世は、ヴァロワ朝六代目の王。彼の統治下で大きな公国がいくつもフランスの王領に組みこまれ、王家の権威も回復したが、権謀術数の策士で残忍な国王とのイメージがつきまとっている。

ルイ一一世は一四八三年八月三〇日に、トゥールに近いプレシ・レ・トゥール城で息をひきとった。享年六一歳。在位二〇年というのは父親のシャルル七世や祖父のシャルル六世と比べるとずっと短いが、あげた成果のみならず、きわめて残忍との定評にもとづくどす黒い伝説で先代二人を凌駕(りょうが)している。

残忍性にかんする定評は、ロマン主義文学によって練り上げられた。ウォルター・スコットは歴史小説『クエンティン・ダーワード』の導入部において、「彼は残忍で執念深く、ひんぱんに処刑を命じることに喜びをおぼえるほどだった」との一節に代表されるようにルイ一一世を否定的に描いた。

誇張をはばからないヴィクトール・ユーゴーは、『ノートルダム・ド・パリ』のなかで、ルイ一一世が自分に刃向かう者たちを閉じこめた鉄の檻（フィエットとよばれる）について、例のごとく熱弁をふるっている。「壁には二つか三つの小さな窓がうがたれていたが、太い鉄格子が密に交錯していたので窓ガラスは見えなかった。扉は平らな一枚の石でできていて、まるで墓石のようだった。入るためだけに使われ、退出するためには絶対に使われない扉である。ここは、死が生者である唯一の場所である」

## 業績が不当におとしめられた偉大な王

統治の効率のみを考えていたルイ一一世は、身辺におべっか使いを侍らすことがなかった。これは失敗だった。そのために、彼をたたえる記録を残す人がだれもいなかったからだ。ミシュレ［一九世紀を代表するフランスの歴史家］はルイ一一世にいくつもの長所を認めたものの、彼の巧みな外交活動を狡猾だと考えた政敵が進呈したあだ名、「偏在する蜘蛛」「獲物を罠にかけるために、あちらこちらに巣を張る蜘蛛にたとえている」を否定しなかった。ルイ一一世が死ぬとたちまち黒い伝説が生まれた。これを広めたのは、故王から不興をかったことを根にもつ司教、トマ・バザンであり、自著『ルイ一一世物語』のなかで「(彼は) この世から地獄にいたるまでその名をとどろかす途方もない偽善者、賞賛に値する人民を支配するおぞましい暴君」と断じ、醜貌で狡猾、残忍な専制君主として描いてみせた。ルイ一一世に引き立てられて恩義を感じてよいはずのフィリップ・ド・コミーヌでさえも、死者となった王を鞭打っている。

しかしながら、ルイ一一世が亡くなった当時、それまで去就がはっきりしなかった大きな公国はすべて、王権にしっかりとつなぎとめられていた。ブルターニュ（一四七五年のサンリス条約でブルターニュ公フランソワ二世は事実上、ブルターニュの独立をあきらめた）しかり、ブルゴーニュ（シャルル剛胆公の手痛い敗退と一四七七年の戦死でブルゴーニュ公国は崩壊し、ハプスブルク家のマクシミリアン一世とのあいだで締結されたアラス条約でブルゴーニュのフランス帰属が確認された）しかり、メーヌ、アンジュー、プロヴァンスも同様である。国民の支持を得ながら大諸侯たちとたえず戦ったすえに、ルイ一一世はフランス王国を強化した（王に敵対する大諸侯たちが結成した「公益同盟」との戦いには、一四六五年に終止符が打たれた）。国内では、司法と財務を中央集権化し、軍隊を増強し、高等法院を設立した。また、免税措置で外国人商人をよびよせ、道路を改修し、リヨンの定期市を設立し、絹織物工房を支援し、経済の活性化をはかった。

要するに、ルイ一一世は偉大な君主だったのだ。その統治が終焉を迎えるころ、王領はほぼ現在のフランスと一致するまでに広がっていた。ルイ一一世の伝記を著わしたポール・マリー・ケンダルは、かくも実績をあげた国王の真の人物像を明らかにして、次のように述べている。「ルイ一一世の物語とは、他者に自分の決定を受け入れさせる力があった人物、決して油断せずに時間を自分の意思に従わせることを必須とした人物、ライバルたちよりも二倍も巧妙で三倍も迅速である必要にせまられた人物、生来の芝居っ気を慣例遵守主義の衣の下につねに隠すことを余儀なくされた人物の物語である」

## 初期症状とプレシ城への引きこもり

一四七八年の初冬、近親者たちは国王が老けこんで弱っていると感じた。一四八一年の二月、最初の発作――脳内出血だと思われる――が起き、九月に二度目の発作に襲われたときは数週間も寝室から出ることができなかった。九月一九日、ブルジュのノートルダム・ド・サル小修道院長に手紙を書き、神と聖母に「四日熱［マラリアのように間歇的に発熱する病気］をわたしに賜る(たまわ)よう」祈ってほしいと依頼した。「なぜならわたしが罹患している病は、侍医たちによれば、それ［四日熱］に罹患しないかぎり治ることがないからである。それにかかった場合は、ただちに貴殿にお伝えする」

その後の一四八二年四月に、ジュラ地方のサン・クロードを巡礼で訪れている。しかし、八月二五日にプレシ・レ・トゥール城に腰をおちつけるころには衰弱が進んでいた。

以降、いわば引きこもり状態となる。アルトワに足を運び、プロヴァンスを二度訪れ、オルレアネ、トゥレーヌ、アンジューに散在するあわせて八〇を超える邸宅、城、修道院、要塞に足跡を残し、同時代の人々から大旅行家として感心されていたルイ一一世が、現世から姿を消したのである。すべての活動が放棄された。狩りにも出ず、家具や壁かけや食器といった一式とともに船に乗りこんでロワール川を何日も航行することもやめ、たった一個所にとどまり、死を待っていた。

要塞化された美しい別荘といったおもむきのプレシ城は、母方の叔父であるルネ・ダンジュー（ナポリ王）が好み、はやらせた様式の建造物であり、場所はトゥールやアンボワーズやシノンといった権力拠点に近い。ルイ一一世はこれを一四六三年に、みずからの侍従であるアルドゥアン・ド・マイエから五五〇〇エキュで購入した。増築や改築の工事がはじまったのは六年後の一四六九年であり、礼拝堂はもっと後の一四七八年から一四七九年にかけて建てられた。

　この城は、ひたすら孤独を求める人、もしくは克服できない恐怖にとらわれた人のための庵（いおり）とはほど遠かった。手前の中庭には、下級官僚と従僕のための宿泊所、馬小屋、鷹飼育場があった。本館の中庭をとり囲む建物は、ていねいに煉瓦を積み上げた壁を特徴としていて、凡庸や粗末とは無縁であった。アーチ天井の大きな地下蔵二つ、地上二階建て、美しい階段、古代ギリシア風の妻壁、木材を使った回廊、見事な暖炉。王の住まいにふさわしく、幅五〇メートルもの広い館であった。

　町から至近距離であったのでアクセスは容易であり、道は保守整備がいきとどいていて孤立とは無縁であり、それどころか、周囲には農家や庭師の家が建ちならんでいた。晩年のルイ一一世はここにしばしば滞在した。ただし、ここだけがお気に入りではなく、狩りの準備のためや、雑事を離れたいときに数日をすごす城――プレシと比べると質素ではあるが――がほかにもいくつかあった。シノンの近くのフォルジュ城、オルレアネ地方のモット・デグリ城、ガティネ地方のラ・キュール城、キュセ・シュール・ロワール城などである。こうした城館のうちの二つ、オルレアン近くの「ベレバ」城とシノンに近い「ボナヴァンチュール」城は、都塵と宮廷を離れ、絢爛豪華ではないが快適で心を潤す環境ですごす時間を大切にしていたルイ一一世の思いを伝えている。

## 死を前にしての心がまえ

ルイ一一世のどす黒い伝説とよべるものを練り上げた者たちは全員、彼の最晩年について長々と語っている。彼らが描くこのころのルイ一一世は、おぞましい恐怖にとりつかれ、理性のある人なら愚かしいと断じるような信心にこり固まっている。そして、すべてにおそれおののき、怪しげな者、山師、詐欺師からなるとりまき以外を身辺に近づけない国王、自分のために各地で祈りを捧げさせ、癒(いや)す力があると評判の聖人を鉦(かね)や太鼓で探させた国王、という嘆かわしいイメージをわれわれのなかに植えつけてしまった。

フィリップ・ド・コミーヌは次のように語る。「彼は、プレシとよばれる場所の城壁の内側に、いくつもの尖端(せんたん)をもつ鉄串を打ちこませ、林立させた。あげくのはてには、弩(おおゆみ)の射手四〇名を配備し、朝に扉が開くまで、夜にこの場所に近づく者はだれであれ射かけるべしとの指令を出した」。教職をめざす若者の善導(ぜんどう)を目的として一八五一年に刊行された分厚い書物、『領主の権利』の著者であるシャルル・フェランスも次のように記している。「怪しいと思われた通行人は全員、行政官トリスタンのもとに連行され、近隣の木の一本につり下げられた。昼も夜も、拷問を受ける哀れな者たちの叫び声が聞こえた。拷問後、彼らは絞首台に送られるか、袋に入れられてロワール川に投げこまれた」

この手のばかげた話を集めたら、本が一冊できる。すべてが作り話、もしくは事実の誤った解釈であり、常軌を逸したもしくはグロテスクな行動、精神異常の結果として語られている。

事実はまったく異なる。ルイ一一世は当時のすべての敬虔(けいけん)なキリスト教徒と同様に、信仰に力ぞえと慰めを求めた正常な人間であった。祈り、巡礼、聖遺物の収集といったことは、アンジュー公やブルゴーニュ公をはじめとするフランスのすべての王侯が実践していたことであり、ルイ一一世にかぎられた話ではない。絶望に駆られたルイ一一世は手あたりしだいにすべての聖人にすがった、と考える者がいたことは本当だし、彼が「清らかな生活を送っている人」とよぶ者たちや、何人かの隠者に特別な力があると信じていたことも確かだが。

　だから彼は、奇跡によって病を治す力があるとの評判をとっていたカラブリア〔イタリア〕の隠者、フランチェスコ・ダ・パオラを招いた。楽に旅をすることができるように駕籠（かご）を隠者のもとに送るだけでなく、リヨンの市民権をもつ有力な町民に手紙を書き、隠者を教皇と同等に丁重に迎え、敬意を表し、祝宴を催すよう命じた〔フランチェスコ・ダ・パオラはローヌ川をさかのぼってリヨンに向かった〕。そこでリヨン市の参事会員は、宮廷侍従二名、ブルジュの「大塔〔天守閣〕」の守備隊長、ナポリ王フェルディナンドの大使をともなって隠者を出迎えた。ルイ一一世自身はトゥールで隠者を迎え、亡くなるまで側（そば）にとどめ、肉も魚も口にしない隠者のためにハーブ、カブ、オレンジ、ジャコウナシといった食物を欠くことがないように気をつかった。フランチェスコ・ダ・パオラはフランシスコ修道会に属していたが、一九歳のときに謙虚をモットーとして慈善活動に力を入れる修道会ミニミを創立し、修道士に肉食を禁止し、清貧の徹底を求めていた。

　ルイ一一世はミニミ会の修道院をアンボワーズとプレシに設立し、寄進をおしまず、そのほかの都市にも同会が進出できるように親身になって支援した。一四八三年五月に王はアブヴィル市参事会員に、「戒律をあのように厳しく遵守している」ミニミ修道士の「説教師」を丁重に迎えたことを感謝し、「朕は（同修道会の）保護者であり、彼らの特権の庇護者でもある」と強調している。そして、アブヴィルのほかの托鉢修道会に対するのと同じようにミニミ修道会にも寄進するように、とくにビールを献じるように頼んでいる。

## 最後の年

一四八二年の春、病みおとろえたルイ一一世は、疲労困憊しながらもジュラ地方のサン・クロードに足を運び、これまた奇跡的に病人を救ったことで評判をとった聖人、ジャン・ド・ガン〔別名はサン・クロードの隠者〕の墓を詣でた。ジャン・ド・ガンが生前に属していたサン・クロードの修道院に国王はそれまでも「何度も寄進しており、献金したほか、金箔をほどこした銀製の立派な聖遺物箱も献じていた」。彼はこうしたことをよく覚えていて、ジャン・ド・ガンがシャルル七世〔ルイ一一世の父〕にイングランドに対する勝利と息子の誕生を予言したことも心にとめていた。また、フランスの王位に対する権利を主張するのをあきらめるようヘンリー五世を説得するためにジャン・ド・ガンがイングランドに行ったことも知っていた。ルイは、トロワ司教区宗教裁判官ピエール・フォルジェを教皇シクストゥス四世のもとに派遣し、「われらの信仰を篤くするすばらしい事績を数多くのこしたほか、イングランド人を追いはらうといったすばらしい奇跡も起こした」ジャン・ド・ガンの列聖手続きを急ぐよう求めた。サン・クロードの修道院には、「自身と王太子の繁栄と健康のために」、ドーフィネ地方の数個所の領地とモンテリマールの通行税徴収権を寄贈した。しかしながら、誤解されているのとは異なり、これは盲目的な信心とは異なる。トロワのドミニコ会修道士たちがジャン・ド・ガンは自分たちの修道院に埋葬されている、と主張しているのを知ったルイは、ほんとうの墓はどこにあるかを非常に綿密に調査させている。

ルイ一一世は占星術師や錬金術師を身近に置いたりしなかったし、大量の聖遺物や怪しげなお宝をあちらこちらに探し求めたこともない。死が近づくにつれ聖遺物を求めたことは確かだが、それは常軌を逸した蒐集（しゅうしゅう）でも、狂気の沙汰とよべるものでもなかった。彼はなんでも信じこみ、なんでも受け入れてしまうような単純な人間ではなかった。聖遺物を求めるにしても洞察力を働かせ、つねに一歩立ち止まって考え、ときには疑い深かった。政治においてと同じく慎重な態度をくずさず、簡単にだまされたりしなかった。コミーヌやそのほかの連中が嬉々（きき）として語っているように突然の恐怖に駆られたとしても、物笑いの種になるような行動に走ることはなかった。王は晩年にアヴァロンを訪れ、聖ラザロの墓の前で祈りを捧げ、二人の金銀細工師に聖遺物箱の制作を依頼した。しかし一四八二年六月、ルイは調査の実施を命じた。「聖ラザロの頭蓋骨がアヴァロンにあるのか、オータンにあるのかについての喧々囂々（けんけんごうごう）の論争をどう判断したものか、余はさっぱりわからない。決着をつけるようにとりはからえ。人をまどわすようなことがあってはならないし、誤りがあってもならない。余は真実をぜひとも知りたいのだから」

ルイは、聖アンブロジウスと親しかった聖ゼノビウス（四世紀のフィレンツェ司教）の指輪を自分に贈ってくれたメディチ家のロレンツォに長々と礼を述べながらも、懸念を打ち明けている。「この指輪は、わずかな疑いの余地もなく、聖人［ゼノビウス］が生前につねにつけていたものであるかお知らせください。また、この指輪がどのような奇跡を起こしたのか、だれかを治したことがあるのか、またどのように身につけるべきかを教えてください」

ルイが、ある種の恐怖にとりつかれた信心狂いの耄碌（もうろく）ではなかったことは確かであり、歴代の王と比べて占星術に懐疑的であり、占星術師の言いなりにはならず、彼らを側（そば）に置こうとはしなかった。国王の占星術師たちにあたえられた唯一の仕事は、星の動きをもとにして瀉血（しゃけつ）と浣腸の日程を決める一種の暦の作成であった。宮廷に住みこんでいるのは、星におうかがいを立てる「超能力者」ではなく、医師にかぎられていた。ルイは医学部で教えられている科学を信頼しており、一四八〇年から一四八一年にかけての冬の薬剤費は三か月だけで九三五トゥールリーヴル［リーヴルは一三世紀までトゥールで鋳造されていたが、その後はフランス国王の鋳造権独占により全国流通通貨となった］にもなっていた。薬品、内服薬、薬草の代金である。

王の侍医たちはモンペリエで医学を学び、患者を診た経験があった。ルイはモンペリエ大学の保護者を自任し、学長選挙の進め方にやきもきし、知識と成功ゆえに知名度がある人物のみを身近に置きたがった。その一人が、教皇ウルバヌス五世が貧しい医学生のためにモンペリエに設立したドゥーズ・メドゥサン寄宿学校で学んだジャン・マルタンだった。晩年は公衆に姿を見せることを断念するほど老けこんだルイ一一世は痛風の発作と皮膚病（おそらくは帯状疱疹）に苦しめられたが、信仰と、国内で教育を受けた学者のみに頼って小康状態をえた。

伝説によると衰弱して意味不明の恐怖のとりことなったはずだが、晩年のルイ一一世は「王国統治にかんして息子にあたえる指示書」を執筆している。この文書は一四八二年九月二一日に公式に朗読され、一一月七日に会計法院に、同じ月の一二日に高等法院に登録された。これはつまるところ政治的遺言状であり、ルイ一一世の政治センスがいかに明敏であったか、自身の使命をどのようにとらえていたかを伝える史料である。たとえば、以下のような指令や格言がちりばめられている。「みずからの意思を支配することは、西方から東方までの世界を支配するよりも偉大なことである」。このなかでルイはとくに、忠実でつつしみ深く賢明、強くかつ公正な人材を隠しもって温存する必要性について力説している。ただし、幻想をいだくことは禁物だ。「白い鳥がすべて白鳥ではないゆえに、彼らがこうした長所を完璧にそなえていない場合は、すくなくとも忠実で、裏表がなく、おちつきがあり、腐敗の可能性がないことを求めよ」。ルイ一一世にとって、これこそ国王の仕事の秘訣であった。同じ格言もしくは似かよった格言は、一四八二年にルイ自身が執筆した、もしくは口述筆記させた、当人が『戦の薔薇』とよんだ一巻にも登場する。これには、暦、数多くの祈りの言葉、トロイア戦争から説き起こしたフランス年代記もふくまれている。

ルイ一一世の死については、日付こそわかっているものの、奇妙なことに、臨終にかんしては、証言の名に値する証言はいっさい伝わっていない。彼の後継者たちの死には後世に名を残すために大々的な演出がほどこされたのとは対照的である。これ見よがしを嫌う本人の意思と秘密主義の反映といえるが、これこそが彼にまつわる悪評の大きな原因となった。

## ひかえめな葬儀

年代記の筆者たちはルイ一一世の葬儀にあまり筆をついやしていない。準備から終わりまで、日ごとの出費をとおして葬儀の全貌を知る手がかりになったはずの、一四八三年の会計台帳は散逸してしまった。なにも残っていない。契約書も、発注書も、領収書も。

当時の著述家たちは、サン・ドゥニではなくクレリのノートルダム教会を自分の墓所としたルイ一一世の決定についても詳しいことを伝えていない。「彼［ルイ一一世］は、そのように決めた理由を明かすことを望まなかった。自身が多くを寄進したこの教会への愛着のためではないか、クレリで崇められている聖母マリアに篤い信仰をいだいていたからではないか、と考える人もいた」。わかっているのは、プレシで一四八三年八月三〇日に亡くなった国王の亡骸は九月二日にはトゥールに、六日にはクレリの参事会教会［ノートルダム教会］に安置されていたことだけだ。こうして、ルイ一一世は一三世紀以来はじめて、サン・ドゥニ大聖堂を永遠の安息の地としない国王となった。

クレリでは一四六八年に、デュノワ伯［シャルル六世の弟であるオルレアン公ルイの庶子であるため、「オルレアンの私生児」とあだ名された。ジャンヌ・ダルクとともに戦ったことでも有名。ルイ一一世の父親、シャルル七世の従兄弟にあたる］の葬儀がとり行なわれている。デュノワ伯の棺を乗せた馬車は、黒い馬衣をかぶせられた六頭の馬に牽（ひ）かれた。すべての記録は一致して、たいへんに厳かで壮麗な葬儀であった、と伝えている。一四七七年、ルイ一一世の顧問であったタンギ・デュ・シャテルの葬儀が同じくクレリのノートルダムで営まれた際には、国王がじきじきに差配している。そして夫の死から三か月後に王妃のシャルロット・ド・サヴォワが亡くなると、彼女もクレリに埋葬された。

ルイ一一世は一四七二年から自分の墓の準備にとりかかっていた。王の財務官であったピエール・ジョベールは、「国王がご自身の墓所のために制作するよう命じることになる墓の小さな原型を石できざんだ」彫刻家ミシェル・コロンブに一五リーヴルと一五スーを、「同じ目的で別の原型を羊皮紙に描いて彩色した」王室画家のジャン・フーケに八リーヴルと五スーを支払っている。

シャルル七世のデスマスクの型をとったコラン・ダミアンは一四八一年、ルイ一一世の肖像画を制作するよう命じられた。ルイはどのように自分を描くべきか明確に指示した。「跪（ひざまず）き、聖ミカエル騎士団の首飾りを着け、両手を合わせたうえに帽子を置き、長い剣を腰に佩（は）き、長い拍車つきのブーツを履いた姿で」。ダミアンは、「長めで、やや高い鷲鼻を描くこと、ただし絶対に禿頭（とくとう）で描かないこと」と命じられた。一四八二年一月二四日、アンボワーズ城で、トゥールの金銀細工師コンラッド・ド・コローニュおよび大砲製造業者のローラン・ヴィーヌとのあいだで、等身大の国王立像の制作にかんする契約が結ばれた。石の墓の端（はし）に設置するための彫像であり、銅と鋳鉄で制作し、上質の金箔を貼る、と決められた。

ルイ一一世と王妃シャルロットの葬儀にかんする史料は一つも残っていない。宗教戦争たけなわの一五六二年にすべてが破壊され、オルレアン市当局は大砲を作るために鉄柵や彫像のたぐいを溶かしてしまったからだ。

## 〈参考文献〉


### 回想録

Basin, Thomas, *Histoire de Louis XI*, 3 vol., Les Belles Lettres, coll. « Classiques de l'histoire au Moyen Âge », 1963-1972.

Commynes, Philippe de, *Mémoires*, 2 vol., Genève, Droz, coll. « Textes littéraires français », 2007.

### 研究書

Heers, Jacques, *Louis XI*, Perrin, 1999 ; coll. « Tempus », 2003.

Murray Kendall, Paul, *Louis XI, l'universelle aragne*, Fayard, 1974.

# 7　フランソワ一世の模範的な死
## ――一五四七年三月三一日

ディディエ・ル・フュール

フランソワ一世は、ヴァロワ＝アングレーム朝初代の国王。その統治とフランスのルネサンス期が重なり、ダ・ヴィンチを宮廷に招いた。神聖ローマ皇帝カール五世と覇権を争ったことでも有名。

一五四七年二月、ジャン・ド・サン＝モリスが神聖ローマ帝国の大使としてフランスの宮廷に出入りするようになってもう二年以上がたっていた。一一日、大使は皇帝カール五世宛てに書簡を綴った。同じ日、カール五世の信頼が篤い大臣であるド・グランヴェル枢機卿にも手紙を書いた。暗号で書かれた二通の手紙には、類似した秘密情報がふくまれている。サン＝モリスは、イングランドのヘンリー八世の死（一月二七日）を知ったフランソワ一世がこれを喜び、イングランド大使に形式的な弔意を伝えた、と報告している。同時に、フランソワ一世が悪性の風邪に罹患して、数日間床（とこ）に伏せっていた、とも伝えている。この病気のため、サン・ジェルマン・アン・レの森のはずれに王が築かせた小さな城、ラ・ミュエットに行く予定が延期された。しかし国王の侍医たちは心配していなかった。ここ数時間、フランソワ一世を苦しめている三日熱［間歇的な発熱］の高熱は治癒が近い証拠、と太鼓判を押していた。

フランス国王の健康状態をサン＝モリスがこれほど注目していた裏には、非常に政治的な理由があった。一五四五年より、フランソワ一世の生死にかんする噂が欧州各国の宮廷をかけめぐり、一五四四年にフランソワ一世とカール五世のあいだで締結されたクレピーの和約がこれからも守られるのか怪しくなってきた。この和約に不満があったフランソワ一世はすでに、ルクセンブルクへの介入を視野にフランス東部の国境に軍を再配備し、一五二二年のビコッカの戦いで失ったミラノ公国の奪取を夢見てピエモンテ内の陣地を強化していたし、王太子アンリは自分が王位についた暁にはカール五世に戦いを挑むという心づもりをもはや隠していなかった。こうした緊張状態をカール五世は憂慮していた。折も折、ドイツで深刻な問題［プロテスタント諸侯の反乱］に直面していた皇帝にとって、フランスとただちに矛を交えることは不可能だった。

一五四七年二月末に書いた別の手紙のなかで、サン＝モリスは皇帝カール五世に、フランソワ一世は侍医たちが反対したにもかかわらず、熱が下がらないままにラ・ミュエット城に行ってしまった、と報告している。愛妾であるエタンプ公爵夫人（アンヌ・ド・ピスルー）、息子のアンリ王太子、その妻のカトリーヌ・ド・メディシス、ピエール・デュ・シャステルといった側近中の側近たち、数人の忠実な家臣、ルイ・ド・ブルジュやジャン・シャプランといった医師をふくめた側用人も同行していた。病気が癒えていないフランソワ一世は駕籠に乗って移動した。この点はニュースでもなんでもなかった。何か月も前からフランス国王がまれにしか乗馬していないことは知れわたっていた。国王は五二歳であった。ヴェネツィア大使たちは「あいかわらず堂々としたようすだ」とほめたたえているものの、フランソワ一世はかなり太り、老けこみ、髭も髪も白くなっていた。マリニャーノの戦いに勝ち、ミラノを支配下に置いたころの颯爽（さっそう）とした勇姿は、もはや遠い思い出にすぎなかった。

## 病人であることを受け入れる

国王はラ・ミュエットに八日間とどまった。体調不良であったが政治を放り出してはいなかった。自身はカトリックであるにもかかわらず、大半はプロテスタントであるドイツ諸侯に支援や援助をあらためて約束し、新たな戦争が起きることを想定してカール五世に対抗するために有用な同盟関係を築いた。同じ理由で、教皇パウルス三世をカール五世から遠ざけるため、王太子アンリの庶子であるディアーヌと教皇の孫であるオラツィオ・ファルネーゼとの結婚話をまとめるべく教皇大使と交渉を重ねた。また、同じ場所に長居（ながい）できない質（たち）だったため、この期（ご）におよんでも自身の健康に無頓着な国王に驚いた侍医たちが恐慌をきたしたにもかかわらず、王制の理論家たちが君主に不可欠な娯楽とみなしていた狩りにつきあうためにヴィルプルーへと発った。狩りは平和なときには軍事訓練としても役立つうえ、長時間の執務のあとで君主の気晴らしとなる有益な楽しみ、と受けとめられていたのだ。フランソワ一世は、たとえ病気であっても狩りをやめようとは思わなかった。

出発前夜、ふたたび発熱した。翌日、体調不良のまま、愛妾アンヌ・ド・ピスルー（エタンプ公爵夫人）の館があるリムールに到着し、灰の水曜日［復活祭の四六日前］に先立つ三日間をすごした。三月の初め、パリに戻る前にまた別の狩りに立ち会うつもりでロシュフォールに行った。パリでは、イングランドのヘンリー八世を公式に悼むためにノートルダム寺院に詣でるつもりだった。しかしながら、ロシュフォールで熱は執拗に続き、体の痛みがひどくなったので、フランソワ一世もようやく侍医の意見を聞き入れ、すぐにサン・ジェルマン・アン・レに戻って治療に専念する、と宣言した。しかし、国王はひどく衰弱しており、直行するのはむりだったため、ジャック・ダンジェンヌが所有するランブイエ城で一夜をすごすことになった。国王一行を受け入れるには狭すぎて、快適とはほど遠い城であった。

一泊だけするはずが、長逗留となった。ランブイエに到着した翌日以降、フランソワ一世は旅などもってのほかという状態におちいった。このニュースを知った各国大使はただちに本国に報告した。三月一二日、パリにいたサン＝モリスはまたも筆をとり、フランソワ一世は高熱にさいなまれている、「この熱は、膿瘍（のうよう）をふたたび切開した結果であるが、膿（うみ）の量が多すぎて治療はむずかしいと医師たちは悲観した」とド・グランヴェル枢機卿に報告している。フランソワ一世は悪性の風邪や三日熱に罹患しているのみならず、膿瘍というより深刻な症状もかかえていたのだ。

この膿瘍についてサン＝モリスは二月の手紙ではふれず、今回はじめて話題にしたのだが、じつはこれは昨日今日にはじまった話ではなかった。

## この病気のはじまり

スペイン大使、マルティン・バレスの言を信じるのであれば、最初に深刻な症状が出たのは一五三五年一一月であった。一五三八年の再発は、会陰部に空いた瘻孔（ろうこう）に原因があることはまちがいない。翌年の晩夏に起きた劇症は重篤で、侍医たちは国王の命ももうここまで、と思ったほどだった。ハプスブルク家への異議申し立てにゆれるヘント［フランドル］を訪れて秩序を回復しようと思っていたカール五世は、そのころよい関係にあったフランソワ一世の招待に応じて途中でフランスに寄ることを受諾していた。しかしカール五世はフランソワ一世の回復を数週間待ち、フランソワ一世が書面で回復を知らせることを求め、受けとってからでなくてはフランスに向けて出発しない、と知らせた。結局、フランソワ一世はカール五世を迎えることができ、ロッシュからシャンティイーまで一か月以上も同行することになるが、本人は駕籠（かご）に乗って移動していた。

一五三八年のニース休戦の結果であるフランソワ一世とカール五世の良好な関係は短期で終わり、二人は一五四二年の夏にふたたび戦火を交えた。外交関係の断絶により、フランス国王の健康にかんする情報は急にとぎれてしまった。じつはフランスでも、国王の身近にいる人間を除き、だれもフランソワ一世が病気だとは知らなかった。王室のプロパガンダはこの話題にふれぬよう、細心の注意をはらった。国民向けには、フランソワ一世の即位から統治の終焉にいたるまで、お雇いの出版業者たちが国王は健康そのものというイメージをふりまきつづけた。この王室の公式プロパガンダの媒体は多くの場合、数ページの冊子であり、大都市では本屋で販売され、そのほかの地方では行商人が売って歩き、家庭内で読まれるだけでなく、公共の広場で触れ役が大声で読み上げるほか、教会で司祭が朗読した。こうした冊子が描くフランソワ一世は、すらりとした美男子で、精神力が強く、体は強健で、健康そのものだった。プロパガンダ文書の作者たちが隠しとおせない不幸や試練――妻である王妃や母親や子どもの死、軍事作戦の失敗――は、国王の威風堂々とした風貌になんの影響もあたえていないことになっていた。

それら作者たちが詳細に語った唯一の病(やまい)は、一五二五年の晩夏にマドリードで罹患した病気であった。パヴィア［イタリア］の戦いで敗れた結果、フランソワ一世は六か月前からカール五世の捕虜となっていた。この病気だけを例外的に話題とした理由は明白だ。王室御用達のジャーナリストたちはずっと以前から、政治組織としての国を人体にたとえていた。国王は頭部、貴族は手と腕、人民は腹と脚と足である。そのうちのどれかが欠けても、全体がおかしくなる。頭部である国王は、このメカニズムのもっとも重要な機関とみなされていた。すなわち、国の健康は国王の健康しだいなのだ。国王が病気に苦しむとしたら、フランスのだれも健康ではいられない。フランス王国の破壊とまでいわずとも、すくなくともフランスの勢力を殺(そ)ぐことを狙っているカール五世に捕らえられ、祖国から引き離されているフランソワ一世は肉体的にも精神的にも大きな苦しみを嘗(な)めている。そして、この苦しみはフランスを危機におとしいれている。とはいえ、国王がスペインで病気だとの噂がフランスにも到達していたにもかかわらず、王室プロパガンダがこれについて語ったのは五年後の一五三〇年であり、フランソワ一世はすでにフランスに戻って権力も権威もふたたび掌握しており、カール五世とカンブレーの和約を締結し終わっていた[1]。リアルタイムで国王の健康問題を国民に告げるようなまねは、政治的不安定をひき起こす試み、王国の平和ひいては王権を毀損（きそん）する行為と受けとめられる危険があった。だれも、そのような危険をおかそうとしなかった。

## 病名

一五四四年のクレピーの和約によりフランスと神聖ローマ帝国およびその同盟国とのあいだで外交関係が再開したため、大使たちと本国との書簡のやりとりもふたたびはじまり、それとともにフランソワ一世の病気にかんする情報も流れるようになった。最初にこれを伝えたのはおそらく、神聖ローマ帝国の新任大使となったジャン・ド・サン＝モリスであろう。レオン（スペイン）の司令官で、カール五世の信任が篤かったフランシスコ・デ・ロス・コボス宛ての手紙では、一五四五年夏にフランソワ一世がたびたび熱を出したことを伝えているが、目新しい情報はとくにもっていなかった。「フランス国王は、下腹部に静脈が破れて膿んでいる個所があります。侍医たちはこれがために国王が長寿をまっとうできないのではとおそれ、国王の寿命はこれにかかっている、これが破れたら国王の息がつまるだろう、と言っております」。同じ年の一二月末にフランソワ一世がやむなく床につき、一五四六年の冬の終わりまで症状が続いたときも、サン＝モリスは以前よりふみこんだ発言をしていない。二月二八日、ロス・コボス宛ての長い手紙のなかでサン＝モリスは、それまでに上げた情報を再確認しつつも、膿瘍のためにフランス国王は歩行が困難になっている、と述べている。侍医による治療は、国王に浣腸をほどこしたあとに「膿（う）みきらせるためと、［膿の出口となる］孔を開けるために」

瘻孔に焼灼剤をあてる、という単純なものだった。しかし、期待を裏切り、三個所からじくじくと膿が出るようになり、「あまりにも重症なので、いまのところ国王の予後は見通しがつかない」状態となった。ついに、膿瘍は切開され、膿は排出され、外科医たちは傷口をふさぐことができた。その結果、国王は快方に向かったものの、小康状態はつかのまであった。一か月後には五個所に瘻孔が口を開けた。怠りなく推移を見守っていたサン＝モリスは今回、より詳しい情報を送った。ひどく苦しんでいたフランソワ一世は、五つのうち四つの瘻孔を焼灼するよう求めたらしい。サン＝モリスによると、国王が望むこうした処置は壮健な患者であるならともかく、「［国王のように］体内がむしばまれている」患者にほどこすことを侍医たちはためらった。結局、焼灼措置は実施され、結果は良好であった。快復を早めるため、フランソワ一世は侍医たちが処方した二〇日間の食事療法を受け入れた。なお、侍医たちはいまや、この病気は「フランス病がひき起こしたもの」との見解で一致していた。

一五四六年、情報にアクセスすることが許される階級のあいだでは、フランソワ一世の病名がついに明らかになった。梅毒である。シャルル八世とその軍隊が一四九四年にナポリ王国を侵略して以来、スペイン人と一部のイタリア人はフランス人が梅毒をもたらしたものと考え、これを「フランス病」とよんでいた。これに対して、フランス側は、ナポリ侵攻のさいにフランス兵が梅毒に罹患したことをもって、これを「ナポリ病」とよんでいた。ドイツのプロテスタント勢力は「スペイン瘰瘤」とよんだ。イタリア人医師のジローラモ・フラカストロは一五二〇年代に、オウィディウスの詩に登場するアポロン神から罰せられた羊飼いの名前からヒントを得て、シフィリスとよんだ。

どうやら、梅毒と聞いてもだれも衝撃を受けなかったようだ。いずれにせよ、カール五世御用達の出版業者たちも、ヘンリー八世御用達の出版業者たちも、フランソワ一世が梅毒に罹患しているとは決して書かなかった。おそらくは、フランスと神聖ローマ帝国のあいだの和平がまだ続いており、一五四三年から戦争状態にあったフランスとイングランドのあいだの和平交渉が実を結ぶところだったからだろう。この病が性交によって感染することは多くの医師の共通認識であり、欧州のどこでも説教師たちが、これはもっとも淫乱な者たちを罰するために神が人間にあたえた疫病である、とふれまわっていたものの、フランソワ一世の梅毒罹患が政治的に利用されることはなかった。サン＝モリスもこれ以降、書簡のなかで一度もフランス病という言葉を使うことがない。

## 長い臨終の苦しみ

一五四七年三月、ランブイエのフランソワ一世は病床についていた。日曜にあたる二〇日の朝、王の容態は非常に悪かったので、だれも寛解（かんかい）すら期待しなかった。きわめて危ない状態であったので、侍医たちは再度の瘻孔切開を認めた。これで、王の苦しみは一時的にやわらいだ。しかし、その翌日にサン＝モリスがド・グランヴェル枢機卿に書いた手紙によると、フランソワ一世の予後はほぼ絶望的であった。三月二五日、あいかわらずパリにいながら情報を収集してド・グランヴェルに報告しつづけていたサン＝モリスは、フランソワ一世は助からない、と断言している。

この手紙を送ったあと、サン＝モリスの報告はとぎれたようだ。王の病気と死にいたるまでの苦しみについて、イングランドやイタリアの外交官たちもなにも情報を入手できなかったと思われる。こうした外交文書の穴を埋めるのが、フランソワ一世の腹心の一人であるマコンの司教、ピエール・デュ・シャステルが筆をとった、相当の検閲をくぐりぬけたと思われる公式記録である。

一五四七年三月二五日付けのド・グランヴェル枢機卿宛の書簡のなかでサン=モリスは、フランソワ一世は死ぬことをおそれている、と述べている。公式記録は、こうしたおそれに少しもふれていない。フランスの国王が死をおそれるなど、あってはならなかった。篤信王［いとも敬虔なキリスト教徒の王］という名誉称号をもつフランス国王は、すべてのキリスト教のなかでもっとも敬虔な信者であり、死の恐怖などあるはずがない。ピエール・デュ・シャステルの仕事はまさに、これを証明することであった。デュ・シャステルは、国王がなめた苦痛、下り坂になる一方の健康、長い臨終の苦しみを隠すことなく（ただし病気そのものに決してふれることなく）描きつつ、フランソワ一世が息を引きとるまで平常心を保ち、深い信仰心をもってこの上もなく模範的に現世を去って彼岸に渡る準備を整えた、と主張している。フランソワ一世はキリスト教徒として理想的な死を迎えるはずであり、それ以外はありえない。シャステルによると、まさにそのとおりであった。いや、そのようになった、というべきかもしれない。

三月二九日の朝、フランソワ一世の容態はかなり悪くなった。シャステルにとってこれは、国王を卓越したカトリック教徒として描写する好機である。以下は、シャステルが描く君主の最期である。「イエス・キリストの旗幟（きし）と指揮に従う戦士としての秘跡や印しをすべて受けとらぬままにこの世を去ることを望まぬゆえに」、フランソワ一世は終油の秘跡を求め、周囲の人間に心配をかけまいとして、もうすぐ「（余の）主である主の腕に」抱かれると思うとうれしい、と述べた。しかし、よきキリスト教徒は国王でもあった。ゆえにフランソワ一世はできるかぎり体裁を整えて引き継ぎを準備せねばならなかった。そこで、彼は息子である王太子アンリをふたたびよびよせ、二二日にすでにあたえていた忠告を再確認した。この日、フランソワ一世はアンリを正統な後継者として承認した。死の床にある王とその後継者の対面は旧約聖書にさかのぼる古い習慣であり、フランスではすくなくともフィリップ六世の時代から史料によって確認されている。これは権力の交替、一つの治世が終わって次の治世がはじまる分断を象徴する最後の顔合わせだとみなされていた。というのも、フランス王国では新君主は先代の葬儀に列席しないのが伝統だったのだ。この対面でフランソワ一世は息子に政治について語った。神への愛、カトリック教会の救援と守護、正義と平和の絶えざる希求と維持によるフランス国民の保護、以上がこのときに王がふれたテーマである。一四世紀末からモラリストたちによって定義され、それ以降、すべての君主が後継者に伝えようと努めた、すぐれた統治の理想に合致した教えである。デュ・シャステルによると、フランソワ一世もこの伝統を守り、王国の幸福のため、こうした重要な原則が将来も守られることを望んだ。フランソワ一世はよきキリスト教徒、よき君主であるのみならず、よき父、よき主人でもあった。これを証明するためにデュ・シャステルは、国王はアンリに、結婚相手がまだ決まっていない末娘のマルグリットのことを頼んだぞ、と念を押すと同時に、自分に仕えた使用人たちを解雇しないよう求めた、と述べている。王はまた心やさしい男性でもあったらしく、愛妾エタンプ公爵夫人のことを悪く思わないよう、息子に頼みこんだ。

## 神に対して

国王としての最後の義務を果たしたフランソワ一世は自分の魂の救済に専念できることになった。二九日の夜、真夜中の少し前、激しい震えに襲われた王は聖体を拝領し、十字架を求めるとこれに接吻し、「十字架の上で息絶えた救い主に自分の魂」の救済を求めた。翌日のミサでは、司祭の手のなかにある聖体を見つめながら、「この世から（わたしを）つれさり、みもとに置いてください」と声に出して神に祈った。王は日中、訪問者たちにつらそうなようすを見せなかったが、夜になると周囲の者たちはいよいよ臨終だと悟った。死のまぎわにフランソワ一世は、これで三度目になるが息子をよびよせ、祝福をあたえて接吻し、うめき声をたてながらも両手でにぎりしめた十字架を拝んだ。一度だけ嘆いたが、それはこの世を去ることを無念に思っての嘆きではなく、「（この世で）あれほどひんぱんに、あれほどひどく神にそむいた」ことを悔やんでの嘆きであった。フランソワ一世は、いつわりなく述べたこの言葉が自分にとって最後で不変の思いであってほしい、「イエス・キリストを信仰し、カトリック教会をゆるがずに信じ、われらが主であるイエス・キリストをとおして神が選ばれし者におあたえになった約束を少しも疑わずにかたく信じたままで」死を迎えたい、と願った。「（王は）心の底から罪を悔い、悔悛していた。（中略）そして、イエス・キリストの名において、（自分のことを）神にお願いしてとりなしてくれるよう、すべての聖人と聖女、天国の天使、神の母である聖母マリアに心からの祈りを捧げた」。次の日の夜、苦しみは倍加し、いくらか「うわごと」が口をついて出たものの、王は意識を清明に保ち、まだ祈りを唱えていた。

三一日木曜の朝、ミサで司祭が聖体を高く差し上げると、フランソワ一世はこれで三度目になるが、自分をみもとにおつれください、と神に懇願した。そして、あいかわらず十字架をもったまま、自分に害をなしたすべての人を許し、自分が傷つけたかもしれないすべての人に許しを請うた。次に、マタイによる福音書第一章を解説した聖ヨハネ・クリゾストモ［四世紀の神学者］の聖務日祷を朗読するよう求めたが、これが手もとになかったためにオリゲネス［古代キリスト教の神学者］の聖務日祷をかわりに朗読したところ、余をごまかせると思ったのか、と立腹した（国王はまだ意識が清明で、聖ヨハネ・クリゾストモの聖務日祷とオリゲネスの聖務日祷の違いを完璧に認識したのである）。その後、フランソワ一世はイエスの名を唱えた。デュ・シャステルによると、これが王の口から出た最後の言葉であった。すでに声も出ず、視力も失い、苦痛にさいなまれていたが、王は息を引きとるまぎわに力をふりしぼって十字を切った。デュ・シャステルは、神にその魂をお返ししたときのフランソワ一世の顔にはほほえみが浮かんでいた、と述べている。一三時を少しまわったところだった。

王室のプロパガンダによると、フランソワ一世は最後まで意識が清明であったのみならず、息を引きとるまで統治能力を保っていた。きわめて敬虔で王国の将来とみずからの魂の救済を同等に心にかけていたフランソワ一世に率いられた国民は、この君主の治世の終わりまで安寧を享受できた、との主張である。要するに、フランソワ一世は最後の最後まで、国王として、そしてキリスト教徒としての義務を完璧にはたしたのである。

二か月後にデュ・シャステルの手記が発表されたが、フランソワ一世の死因については沈黙が保たれた。公式には、長わずらいのすえに下痢のために亡くなった。これが約三〇年間、フランス国民が知らされていた唯一の説明であった。

模範的であったとされるこの臨終の大筋は、死亡翌日に各国大使に伝えられた。サン＝モリスはこうして伝えられた内容を、四月初旬にド・グランヴェル枢機卿宛てにしたためた書簡のなかでそのまま報告したが、故王にとってやや不名誉な情報をつけくわえた。遺体を解剖した医師たちは胃のなかに膿んだ潰瘍があることを確認した。腎臓も痛んでいて、内臓は完全に「腐って」いた。もっと上を見ると、喉の一部は数多くの潰瘍でひどく変質しており、肺も侵されはじめていたのだ。王の肉体のこのみじめな状態についてフランス国民が知ったのは三世紀後、サン＝モリスの書簡が出版され、フランソワ一世にかんする書物がこの情報を引用するようになってからである。しかしながら、さまざまな動機で歴史家たちが築いたこの君主の肯定的なイメージが傷つけられることは決してなかった。フランス国民にとってフランソワ一世はいまも、威風堂々たる君主、騎士王、文芸や芸術を愛した洗練された君主、二度も戻ってこない栄光の時代とされるフランスルネサンス期の象徴である。

〈参考文献〉


Castan, Auguste, « La mort de François I$^{er}$ », *Mémoires de la Société d'émulation du Doubs*, 5$_{e}$ série, t. III, 1878, p. 420-454.

Cullerier, Auguste, « De quelle maladie est mort François I$^{er}$? », *Gazette hebdomadaire de médecine*, t. XLIX, 1856, p. 865-876.

Jacquart, Jean, *François Ier*, Paris, Fayard, 1981.
Knecht, Robert J., *Un prince de la Renaissance, François Ier et son royaume*, Paris, Fayard, 1998.

〈注〉

1　カンブレーの和約は、その五年前にカール五世とフランソワ一世とのあいだにはじまった戦争に終止符を打った。これにより、すくなくとも公式には、フランスはイタリア領土の支配権主張を放棄した。

# 8　アンリ二世の最期

## ——一五五九年七月一〇日

ディディエ・ル・フュール

アンリ二世は、ヴァロワ＝アングレーム朝二代目の王。妻はフィレンツェから嫁いだカトリーヌ・ド・メディシス。父のフランソワ一世と同じく、スペイン・ハプスブルク家と覇権を争った。

彼を死にいたらしめたおそろしい事故と、苦痛に立ち向かうその勇気ゆえに、アンリ二世は偉大な国王を祀（まつ）るパンテオン入りを果たした。その英雄的な最期は、功罪があいなかばして——罪の筆頭は、彼が先鞭（せんべん）をつけた宗教戦争である——、異論の余地があるその治世の問題点を補ってあまりあるもの、と後世は受けとめた。

## 平和の対価

一五五九年四月二日、六か月の厳しい交渉のすえ、フランス国王アンリ二世とイングランドの新女王エリザベス一世とのあいだに和平が成立した。ピカルディー地方のカンブレーから数里のところにあるカトー＝カンブレジ城で締結された和約が、約二年も続いた戦争に終止符を打った。この条約の取り決めにより、カレーと、イングランドが一三四七年から占拠していたが一五五八年にギーズ公によって奪還された領土は八年間、フランスに帰属することとなった。八年後にはイングランドに返還される、もしくはフランス国王が一〇〇万エキュの代金を払って買い戻す。ただし、この間にエリザベス一世がフランスやスコットランド（一五四八年よりフランスで亡命生活を送っているスコットランド女王メアリ・ステュアートは、フランスの王太子フランソワと結婚したばかりであった）に敵対的行動を起こした場合は、イングランドは返還や代金を求める権利を失うことになる。カトー＝カンブレジではもう一つ、アンリ二世とスペインのフェリペ二世とのあいだで六年間続いていた紛争を終わらせる和約も結ばれた。こちらのほうは、前者とくらべてフランスにとって不利な内容だった。アンリ二世は、約六〇年前から歴代のフランス王たちが主張してきたミラノ公国、ジェノヴァ共和国、ナポリ王国に対する権利を放棄すると誓約した。さらに、自身が即位してから征服したフランドル国境付近の要塞の数々をネーデルランド総督であるマリア・フォン・エスターライヒ［カール五世の妹。スペイン国王フェリペ二世の叔母にあたる］に返還すると約束した。シャロレー地方もスペインに譲渡することになった。サヴォイアとその属領は、一五三六年にフランソワ一世にこれらを奪われたサヴォイア公エマヌエーレ＝フィリベルトに返還されることとなった。アンリ二世が征服したイタリアの領土も、それぞれの正統な権利承継人に返却される、と決まった。フランス側の交渉人がサルッツォ公国、ならびに三年間の期限つきでトリノ、ピネローロ、キヴァッソ、キエーリ、ヴィラノーヴァ・ダスティをフランス王領にとどめることに成功したため、アンリ二世はイタリアのピエモンテ地方における優勢を維持することができたものの、コルシカ島はジェノヴァに、モンタルチーノはフィレンツェ公に、モンフェラートはマントヴァ公に返還することを余儀なくされた。見返りとして、フェリペ二世はアンリ二世にピカルディー地方でスペイン軍が占拠していた都市（サン・カンタン、ル・シャトレ、アム、テルアンヌ）に返すことにしたが、この地方に要塞都市を決して再建しないことが条件となった。結局のところ、即位した一五四七年年以降に征服した数多くの領土のうち、アンリ二世の手もとに残ったのはトゥールとヴェルダンとメスの司教管区、ロレーヌ公国のいくつかの都市だけだった。神聖ローマ帝国の一部であるが、フェリペ二世が父「カール五世」からブルゴーニュ公として相続した領土にふくまれていないこれらの都市は、和約の対象とならなかったからだ。

同時代人のなかには、この和睦に批判的な者もいた。あれほど数多くの戦争をしかけ、あれほど多くの死者を出したのに、結局はほとんどすべてを放棄するとはなぜだ？　フランスの軍事力は異論の余地なく強大だというのに。フランス国内では、コセ＝ブリサック、モンリュック、タヴァンヌといった軍人らが怒りを隠そうともせず、この平和を「呪わしい」と決めつけた。こうした苦々しい思いには、個人的動機もからんでいた可能性がある。戦争が終わると、彼らは実入りのよい役職や華々しい指揮権を放棄せざるをえなくなったからだ。スペインとフランスの双方に傭兵として歩兵を送りこんでいたスイスの各州やドイツの各地も失望を隠さなかった。大きな収入源を失ったからだ。しかし、多くの国民にとってこの和約は、国境近辺がふたたび安全になったこと、これまで敵国であった強国とフランスとのあいだの人や物資の自由な行き来の再開、増税や特別税の終了を意味した。四〇年前からフランスとスペインを対立させてきたもめごとはこれで解消し、これからは長いこと平和が続く、と人々は考えた。なんだかんだいっても、フランス王国は面積を広げたし、既得権をしっかり固めた。なによりも、フランスの安全を二〇〇年以上も前から脅かしてきたイングランドの影響を一掃することができた。それに、今回の和平とて、それ以前の多くの和平と同じく、いつでも反故(ほご)にすることは可能であり、アンリ二世はいつだって、フランス王家がもっている不変の権利をふりかざして、今回放棄したイタリアの領土を要求することができる。つまり、すべてが失われたわけではない。カトー＝カンブレジの和約による平和はなによりも、当時のフランスが直面していた経済的困難ゆえに必要となった休戦であった。

## 喜びとおそれのあいだで

条約締結に大いに満足したアンリ二世は、このことを人々に伝えたいと思った。二つの和約が結ばれてから四日後、彼はパリ市に書簡を送り、この吉報をもたらした神にパリ市民が感謝を捧げ、街中で喜びを表明するよう求めた。王の命令は真剣に受けとめられ、市の聖俗の名士を全員集めての大がかりな礼拝行進が組織され、辻々では住民のために祝いのかがり火が焚(た)かれた。国中がお祭り騒ぎとなった。いちばん派手だったのは一か月以上続いたリヨンの祭りであり、同市の外国人コミュニティーも、平和とともに自分たちの事業もふたたび繁栄すると予測し、出費をおしまなかった。

和睦をより緊密で確実なものとするために、和約に結婚をからませるのは習わしだった。ゆえにカトー＝カンブレジで、アンリ二世の長女エリザベートと、一五五八年にメアリ・テューダー〔ヘンリー八世の娘、イングランド女王〕を亡くしてから鰥夫(やもめ)であったスペイン王フェリペ二世との結婚、アンリ二世の末の妹マルグリット・ド・ヴァロワとサヴォイア公エマヌエーレ＝フィリベルトとの結婚が決まった。アンリ二世はいっとき、フェリペ二世にフランスに花嫁を迎えに来るよう誘ってみたが断わられた。そこで、フェリペ二世とエリザベートの結婚式は代理を立てて行なわれることになり、アルバ公がスペイン国王のかわりをつとめることになった。こうした外交レベルの詳細がつめられているころ、欧州各国の宮廷が送りこむ大使がパリに続々と集まってきた。ただし、集まってきたのは彼らだけではない。復活祭を終えたフランスの大貴族たちが配偶者をともない、王家の二つの結婚式に列席するためにパリへと向かった。パリはまたもや、数週間続く大規模な祝祭の舞台となる予定だからだ。

フランス王国内では、こうした喜びにわく者がいる一方、自分たちの命を心配しはじめる者もいた。四月三日にフランスとスペインとのあいだで締結された和約によると、ギリシアとコンスタンティノープルをトルコから解放する十字軍遠征を検討することになっていたが、じつはより現実的なもう一つの計画、すなわちプロテスタントに対する戦いが俎上(そじょう)にのっていた。ルターやカルヴァンの教えを信じる者たちに対する反感をこれまでも隠したことがないアンリ二世は、この反プロテスタント戦争の先頭に立つつもりだった。アンリはすでに、スコットランドにおける新教の浸透に懸念をおぼえていて、教皇パウルス四世の支持を得て戦争をしかける計画を立てていた。こうした不穏な動きにイングランド国民、とくにエリザベス一世は浮き足立っていた。教皇がイングランド女王を異端者だと断じ、フランスが率いるカトリック同盟軍をイングランドにさしむけることがおそれられた。もしパウルス四世がエリザベス一世を「私生児で異端者」と認定したら、アンリ二世は、王位継承順位の一番という理由で「長男の妻であるメアリ・ステュアートにイングランド王位につく権利がある」と主張することができた。イングランド征服というフランスの昔からの夢が、カレーの奪還と、王太子のスコットランド女王メアリ・ステュアートとの結婚で勢いづくアンリ二世の手で実現する可能性があったのだ。しかし、これほどの大事業が成功したらアンリ二世の勢力はあまりにも大きくなってしまうので、スペインのフェリペ二世はイングランド侵攻計画への参加を断わった。そこで、アンリ二世はこの計画をひとまず棚上げにして、自国の「信仰をとり違えている者」たちへの戦いの先導者という立場を打ち出すことにした。手はじめに六月二日、エクアンにおいてプロテスタント追放の勅令を出した。同じ月の一〇日に高等法院評定官アンヌ・デュ・ブールとその仲間四名が逮捕されたことは、新教徒迫害の幕開きを意味した。こうした動きを正当化すべく、すでに王権のプロパガンダが動き出していた。しかし、これほどのたくらみを実行するにはしっかりした準備が必要であり、アンリ二世自身も妹と娘の結婚の準備で忙しかったため、新教徒追放の実行は祝祭のあとに延期された。

## 祝祭でにぎわうパリ

最初にとり行なわれたのは、六月二二日のエリザベートとフェリペ二世の結婚式であった。ノートルダム寺院の内部は列席者であふれかえり、正面広場も黒山の人だかりであった。一四か月前に行なわれた王太子とメアリ・ステュアートとの結婚式とすべての点で同じであったが、これは画期的なできごとであった。それ以前は、フランス王家では結婚式ミサには内輪しか列席しないのが慣例であって、外国人にめずらしがられていたのだ。今回は、舞踏会や祝宴を初めとするさまざまな祝祭行事が、マルグリット・ド・ヴァロワとサヴォイア公エマヌエーレ＝フィリベルトの結婚式が行なわれる七月一〇日まで続く予定だった。こうした行事の一環として、アンリ二世はフランスおよび欧州のもっともすぐれた若者を集めた盛大な馬上槍試合を開催することにした。これは六月二八日から三〇日まで三日間続く予定で、国王は自身も参加するとの意向を表明した。サンタントワーヌ通りの、トゥルネル城館のすぐ近くに競技場が設けられた。

アンリ二世は四〇歳になったばかりだった。さまざまな人の証言によると、王は健康そのものであり、肉体的にも精神的にも活力がみなぎっていた。即位以降は、自軍の戦闘に一度も参加してはいないが、だれの目から見ても、すぐれた騎手、経験豊かな狩人、騎馬槍試合の名手であった。しかし、安全上の理由から、王座にある君主が騎馬槍試合という「疑似戦闘」に出ることはまれであり、アンリ二世も「おやめください」と反対された。しかし、お祝い気分のアンリ二世は忠告を無視し、自軍の優秀な武人と腕前を競うことを望んだ。

六月二八日に行なわれた試合についてはなにも伝わっていないが、その場にいた人の証言によると、アンリ二世は見事な腕前を見せたとのことだ。翌日、王はふたたび出場し、前日と同じくらいに勇猛で覇気あふれる戦いぶりをみせた。三〇日金曜日も同様だった。この日、アンリ二世は試合に二度出て、二度とも勝った。だがこれで満足せず、この三日間においてきわだった技量を示した武者と最後の一戦を交えることを欲した。相手の名前はガブリエル・ド・モンゴムリ、父親にひき続いてスコットランド親衛隊長をつとめていた［スコットランド親衛隊は一五世紀からフランス王室の護衛をつとめていた］。モンゴムリはその日の朝、アンリ二世から、試合が終わったらただちにコー地方に行き、カルヴァン派新教徒たちを追放する任務につくよう命じられていた。

## 事故

そろそろ夕方、という時刻であった。太陽は一日中輝き、馬の蹄（ひづめ）と槍試合の戦いが舞い上げた土ぼこりで空気はいまだに霞（かす）んでいた。楽師たちはまだ楽器を奏でていたが、観客はすでに去りかけていた。試合は終わっていたのだ。サヴォイア公と、アンリ二世の妃であるカトリーヌ・ド・メディシスは、国王にガブリエル・ド・モンゴムリとの一騎打ちをやめるよう言った。モンゴムリ自身も乗り気ではなかった。するとアンリ二世はいらだち、モンゴムリに選択の余地をあたえなかった。それからまもなく、王と若武者は槍を手に馬上の人となり、馬を疾駆させ、すれ違いざまにぶつかりあった。最初についたのはモンゴムリであった。彼の槍はアンリ二世の喉もとにあたり、たちまち砕け、王の兜の眉庇をつき上げ、顔の左側を傷つけた。モンゴムリは折れた槍を投げすてず、ふたたび王の顔を狙い、今度は顔の右側、目とこめかみをついた。ふらふらとなったアンリ二世は馬の首にもたれかかり、姿勢をただそうと一瞬試みたが、ぐったりとくずおれ、落馬しそうになった。馬場の周囲にひかえていた者たちは異変に気づくと、負傷した王を助けようとすぐさまかけよった。人々の手で馬から下ろされた王の兜をとりはらったところ、顔には大量の血が流れていた。すでに桟敷席に走っていた衝撃はさらに高まった。恐怖の叫び声があがり、上を下への動揺のなか、王太子フランソワをふくめて何人もの観客が失神した。

アンリ二世は意識を失っていたが、まだ生きていた。蘇生が試みられた。冷水、薔薇のエッセンス、酢がいくらかの効果を発揮した。王は意識をとりもどし、目の前に跪き、わたしの手と頭を斬り落としてください、と懇願するモンゴムリの声を耳にした。公式記録によると、「余の命令に従っただけなのだから、そなたにはなんの非もない」ときわめて穏やかに述べることができるほどアンリ二世の意識はしっかりしていた。王の意識が戻ったところで、重症であるとわかった傷の手当にできるだけ早くとりかかる必要があった。たいへんな数の群衆をかき分け、射手たちに警護された国王はトゥルネル城館に運ばれた。サンセール殿下が頭を支え、モンモランシー大元帥が片方の腕を、もう一方はギーズ公がもっていた。コンデとマルティーグは足を一本ずつかかえていた。私室へと通じる階段の下まで来ると、アンリ二世は自分で歩くことを望んだ。腕と胴体と頭を支えられたまま、おぼつかない足どりで王は自室の入り口までたどり着いた。いまだに気絶したままの王太子を運ぶ一隊が後ろに続いた。

## 王の玉体を治療する

王の部屋に入ることが許されたのは、ごく親しい者だけであった。王の医師、薬剤師、外科医、床屋［この時代の床屋は外科的処置を行なっていた］も一緒だった。最初の治療がはじまった。顔の右側には一面に棘が刺さっていた。床屋は目立って大きな棘だけをとりのぞいた。そのうちの一本は指ほどの長さがあり、右の眉の上に刺さっていた。その場にいたフェラーラ公国のアルフォンソ・デステは、この棘の太さに衝撃を受け、その夜に父親宛に書いた手紙のなかにスケッチをそえた。こうした棘の一つを不用意に引き抜いたところ、アンリ二世が空気を引き裂くような悲鳴を上げたため、医師たちはこれ以上苦しめることをおそれて作業を中止させることにした。そのため、開いた傷のなかには木のかけらが数多く残ってしまった。手当といっても、顔を軽くぬぐい、癒合を促進するために卵の白身をベースとする薬を傷口のまわりにぬっただけだった。その後、外科医たちが「悪い血」を抜くために一二オンスほど瀉血し、薬剤師たちはルバーブと防腐芳香剤（鉱物油）をもとにした下剤――熱を下げ、「悪い体液」を消滅させるのに有効だと信じられていた――を調合した。この薬の効き目は強烈で、アンリ二世の体の穴という穴から体液が流れ出た。この手の治療の常として、そのあとは厳しい食事制限が待っていた。血の流れをよくし、病人の体力回復を助けることで知られていた煎じ薬のみが許された。

こうした治療にもかかわらず、王は数時間後に嗜眠状態におちいった。もっと悪いことに、王の「動物的機能」が「生存に不可欠な力」のレベルで麻痺してしまった。頭蓋骨と脳膜がかなり傷ついて露出している点に注目し、脳の外傷性障害、さらには静脈破裂の可能性を口にする医師もいた。だが、大多数の医師はこの診立て(みたて)に納得せず、おそれ多くも国王の頭部になんらかの処置をほどこす前に、ほかの同業者の意見を聴くべきだと考えた。そこで、頭部の負傷にかんする見解を出版したことで一定の名声を博している外科医、アンブロワーズ・パレのもとに人をつかわした。これと並行してサヴォイア公は、フェリペ二世の第一侍医であるアンドレアス・ヴェサリウスにできるかぎり早く来てもらうため、配下の者一名をブリュッセルに急行させた。ヴェサリウスは、脳と目の働きにかんするその知識で、欧州でも一、二を争う解剖学者であった。

　アンリ二世は最初の夜を昏睡状態ですごしたと思われる。カトリーヌ・ド・メディシスは、サヴォイア公とロレーヌの枢機卿とともに朝の三時まで枕辺で夫を見守った。その後はアルフォンソ・デステとギーズ公が朝まで側(そば)にいた。パリにいる諸国の大使全員が和平のゆくすえについて案じつつ、今回の事故について精度のあまり高くない報告書——もれ聞こえる情報はまれであった——を外交文書としてしたためていた翌朝の一〇時ごろ、アンリ二世は意識を回復した。医師たちは包帯をとりのぞき、傷をあらためた。心配していた額の骨はぶじであったが、右目はとり返しのつかないことになっていた。まぶたと眼窩上隆起(がんかじょうりゅうき)の膜はすべてはがれ、無数の棘が円に近い図形を描いて「杭のように」肉に深く刺さっていた。しかし、前日に棘を抜こうとしたときの国王の苦痛を考えると、これ以上抜くことはためらわれ、表面をぬぐっただけでふたたび包帯をあてた。一一時ごろ、事故以降はじめての食事が王に供された。ゼリーとブイヨンであった。その後、衰弱がいちじるしい王はふたたび眠りについた。ときどき、目を覚まして喉の渇きを訴えた。夕方になると熱が下がり、快復の希望が芽生えた。七月二日、アンリ二世の容態は改善した。それまでより話すことが容易になり、話す量も増えた。その反面、苦痛は激化しているようだった。朝、床屋が包帯をとったとき、王はがまんできずに叫び声をあげた。今回も、傷の手当はできなかった。

## 最期

アンブロワーズ・パレが国王の枕辺に駆けつけた日付は不明であり、実際に駆けつけたのかも不明であるが、アンドレアス・ヴェサリウスが七月三日に到着したことはわかっている。彼の診断は脳損傷であり、頭蓋骨穿孔術（せんこう）をただちに提案した。即位以来、アンリ二世のすべての政策選択にかかわり、王に対するその影響力の強さはだれもが知るところであったモンモランシー大元帥は、自分の庇護者である王の命を救うために何ができるのかをヴェサリウスに実演してもらうため、殺された人間の死体を調達するよう求めた。王太子フランソワの即位が近いと考えるギーズ一族が、次の王妃となるメアリ・ステュアートとの親戚関係[1]を梃（てこ）として新政府内で重要な地位を得ることをもくろんでおり、ルーヴル宮ではすでに彼らのまわりに人が集まって党派が結成さている、と知っているだけに、モンモランシーはアンリ二世の命と自分の将来を考えてはらはらしていた。同じころ、国王の容態がもちなおしたとの知らせがパリに流れ、大使たちはすでに自国政府にこれを通知していた。彼らは、四日の夜にアンリ二世の容態が突如として悪化し、ふたたび熱も出てきたことを知らなかった。王の枕辺では、国王の体質をふだんから知っているとの自負にくわえ、尿を観察した結果を根拠として今回の容態悪化は「静脈系のなかの悪性の腐敗」の結果にすぎないと考える医師たちが、ヴェサリウスの診断を受け入れなかった。彼らは治療として、またまた瀉血と浣腸を行なった。これによって熱は抑えることができたが、錯乱状態の出現は止められなかった。錯乱は翌日以降も続き、同時に大量の発汗もみられ、しかも時間がたつにつれて汗の量も頻度も増えた。それだけでなく、体の硬直をともなった。人の力の限界が明らかになり、神の出番となった。七月九日、それまで君主がほんとうはどのような状態にあるのかをほぼなにも知らなかったパリの人々は、王の快復を神に願う全市をあげての礼拝行進に参加した。その日の夜──国王は数時間前から意識を失っていたと思われる──、ルーヴル宮でマルグリットとサヴォイア公エマヌエーレ＝フィリベルトの婚礼が華美を排して行なわれた。

七月一〇日朝の九時ごろ、アンリ二世は終油の秘跡を受けた。それから四時間後、王は神に召された。トロワの司教によると、その最期は悲惨きわまりなかった。「痙攣（けいれん）と拘縮（こうしゅく）をともなっての」死であり、「手と足は醜悪にふくれあがり、（王を苦しめる）病がいかに苛烈かを如実に物語って」いた。王の侍医たちとすでに険悪な仲となっていたアンドレアス・ヴェサリウスは後日、セージと「そのほかの体を熱くする物質」をくわえた葡萄酒を何人かの「佞臣（ねいしん）」があたえたために、アンリ二世の死は早まった、と述べている。この飲み物には、深く呼吸する必要性を高める作用しかなく、このために国王の衰弱は早まった、との理屈である。解剖の結果、ヴェサリウスの診断が正しかったことが明らかになった。頭蓋骨を開いた医師たちは、硬膜（こうまく）に張りついている膜の黄変を認めた。左側は、化膿性の液体で満たされていて、壊疽（えそ）の初期症状がみられた。すなわち、最初の衝撃で脳は「頭蓋骨と衝突」していた。ゆえに、アンリは顔の傷ではなく、脳震盪の予後が悪くて亡くなったと思われる。治療がほどこされなかった顔の傷が数日間のうちに感染を起こしたことは確かであろうが。

七月一〇日から王家プロパガンダをくりひろげることになるカトリーヌ・ド・メディシスとギーズ一族は、王の名誉ある死の規範からはずれた、この早すぎるアンリの死に意味づけする必要に迫られた。そして、アンリ二世の死はキリストのそれに類似した犠牲である、との理屈を思いついた。キリストと同じくアンリ二世も、人々に平和を受け入れさせるため、「まことの」信仰、すなわちカトリック教会によって導かれる信仰の真実を人々に示すためにこの世に生まれてきたのだ。キリストから一五〇〇年後、みずからの命を犠牲に差し出すことで、王は世界の救済の道を教え、流した血で世界を清めたのだ。アンリ二世の死は不幸な事故ではなく、普遍的歴史の一部であり、黄金時代の回帰を準備したのだ。しかし、多くの人を悲しませたこの死を喜んだ人も多くいた。後者の筆頭は、自分たちの国土を舞台とする戦争が遠ざかったことを知ったイングランドと、一時的に希望をとりもどしたフランスのプロテスタントである。

〈参考文献〉

Du Chastel, Pierre, *Deux serments funèbres de Pierre du Chastel prononcés aux obsèques de François premier de ce nom, éd.* critique par P. Chiron, Genève, Droz, 1999.
Le Fur, Didier, *Henri II*, Paris, Tallandier, 2009.

Perez, Stanis, *La Mort des rois*, Paris, Jérôme Million, 2006.
Romier, Lucien, « La mort de Henri II », *Revue du seizième siècle*, t. I, 1913, p. 99-123.

〈注〉

1　ギーズ公フランソワとその弟であるロレーヌ枢機卿は、メアリ・ステュアートの母方の叔父であった。

# 9　アンリ三世暗殺
## ——一五八九年八月一日

ジャン＝フランソワ・ソルノン

アンリ二世の四男で、ヴァロワ朝最後の国王。母親はカトリーヌ・ド・メディシス。カトリックとプロテスタントの対立の激化を背景に、国の舵とりは困難をきわめた。

一五八九年八月一日の朝、サン・クルーで、外見はごくふつうの若い修道士が国王アンリ三世（在位一五七四―八九）の下腹部にナイフをつき立てた。国王は数時間後に絶命した。こうして、ヴァロワ朝最後の君主の治世は終わった。ヴォルテールがよぶところの「血に染まった金糸と絹の式服」の世紀は、暴力的な死に事欠かなかったが、フランス王国のだれにとっても国王暗殺は前代未聞であった。聖香油を塗油された君主をあやめるとは、たんなる罪ではなかった。ランスの大聖堂での王の聖別式が宗教的な正統性を国王にあたえている以上、これは瀆聖（とくせい）であった。この国王暗殺は精神を病んだ者のしわざなのだろうか？　それとも陰謀の結実なのだろうか？　臣民の一人に殺害を決意させるほど、この君主は嫌われていたのだろうか？

## 積もる憎しみ

フランスの歴史で、アンリ三世ほど生前に嫌われていた国王はいない。彼ほど誹謗中傷された王もいない。アンリ三世在位のあいだのフランスは、一六世紀のなかばからカトリックとプロテスタントのあいだにはじまった宗教戦争にゆさぶられどおしだった。ヴァロワ朝の幕を閉じることになるこの君主は、多々ある障害にはばまれながらも王の権威を保持し、国を守り、国民のあいだの和睦を実現しようと努めたが、四面楚歌（しめんそか）の状態に追いこまれた。過激なカトリック教徒にとっても、プロテスタントにとっても、すべてについてアンリ三世に咎（とが）があった。国王なのに軽佻浮薄で臆病、意志薄弱で快楽の虜（とりこ）だ、といわれた。戦士としての覇気（はき）を欠き、みずから統治することに関心がなく、自身の義務をなおざりにしている、と批判された。身なりに気をづかい、装身具が大好きで、身体を清潔に保つことに熱心なことも問題視された。こうした身だしなみの良さは女々（めめ）しいと受けとめられた。剣玉（けんだま）の愛好家で、小型犬に目がなく、余暇の楽しみはカニヴェ細工（レースのような切り絵細工。コントラストカラーの台紙に重ねる）というアンリ三世だから、子どもっぽい遊びに夢中になっていると非難する理由はいくらでも見つかった。機知に富んだアンリ三世の知識人らしい嗜好（しこう）や、巧緻（こうち）な議論を闘わせることに熱中するという性向も、行動的な国王に求められる資質とはあいいれないとの理由でばかにされた。彼の温情は弱さだと判断され、ときおりものにつかれたように篤い信仰心を示すと偽善だと陰口をたたかれ、財政難のために決断できずにためらうと腹黒い術策だといわれた。以上の非難は、暗殺者の背中を押すのに十分だったのだろうか？

以上にくわえ、世継ぎである子どもをもてないことは神の不興をかっているしるし、と受けとめられた。王弟のアンジュー公フランソワが子どももをもたぬまま一五八四年に亡くなっていたので、男子の後継者はほかにもおらず、カトリック教徒たちの不安は増していた。アンリ三世が亡くなれば、王国の法の定めによる後継者は遠い親戚で、アンリ三世の妹の夫でもあるナバラ［フランス語読みはナヴァール］王エンリケ三世（フランス語でのよび名はナバラ王アンリ。本書では以降、アンリとよぶ）に王位が転がりこむ。しかし、このアンリはユグノー［カルヴァン派のプロテスタント］であった！異端者が玉座につく可能性を阻止しようとする動きが活発になった。ギーズ家（プロテスタントとの戦いで顔に傷を負ったため金瘡公とよばれたアンリ、弟の枢機卿ルイとマイエンヌ公シャルル）を中心に、カトリック派諸侯はカトリック同盟のなかで団結を強め、おびやかされている（と自分たちが考える）「真の信仰」を守ろうと覚悟を固めていた。必要ならば宿敵スペインと手を組んででも！彼らの王国転覆の策動を抑えようと試みたアンリ三世は、住民が全面的にギーズ公を支持しているパリに入ることを同公に禁じた。しかしギーズ公はこれを無視し、熱狂的な歓迎を受けた。こうしてパリ市民は国王におおっぴらに恥をかかせたのだ。不測の事態にそなえるため、アンリ三世はパリに軍勢を入れるよう命じたが、かえって悪い結果となった。市民たちは通りに鎖を張りわたし、バリケードを築いた（パリの歴史ではじめてのバリケードである）。要するに、防御態勢に入ったのだ。ルーヴル宮もあやうくなり、カトリック同盟勢力は国王をとらえようとした。袋のネズミとなる前に逃げ出すことにしたアンリ三世は、一五八八年五月一三日の朝に不穏なパリをあとにした。怒りのバリケードは、武器を手にした反乱へとエスカレートした。ブロワにおちついた国王は一〇月にここで全国三部会を開催してギーズ公らをおびきよせ、復讐心おさまらぬままに一二月二三日にギーズ公を、翌日にはギーズ公の弟である枢機卿を殺させた。こうしてカトリック同盟の首領をかたづければ内戦の火を消すことができる、と考えてのことだった。

思惑ははずれ、逆に火に油をそそぐ結果となった。国王は「冒瀆者、裏切り者、聖物を売り渡した者、不実な暴君、大偽善者、ユダ、唾棄すべき無神論者、身もちの悪い男、同性愛者、梅毒もち、男色家」とよばれて憎まれた。ただの私人であるかのように。人は彼を「アンリ・ド・ヴァロワ(Henri de Valois)」とよぶようになった。この呼称からさまざまなアナグラムが作られたが、もっとも有名になったのは「悪辣なヘロデ(*Vilain Hérodes*)」[ヘロデ大王。紀元前一世紀のユダヤ人の王。新約聖書では、どこかでイエスが誕生したと知って、二歳以下の幼児全員を殺させた暴君として描かれている]であった。以上の人格攻撃にくわえ、彼の姿形も野卑でデフォルメされた描写の対象となった。攻撃文、誹謗文、その手の内容の歌詞が街路で読まれ、歌われ、叫ばれた。アンリ三世は真の信仰をないがしろにしたのみならず、悪魔の友となり、魔法使いたちに指令を出している、といった内容である。こうして怒濤の勢いで流布したののしりは、カトリック同盟につく者たちの怒りの表明である。これはまた、大衆を反乱へと駆りたてるための道具でもある。ギーズ公を亡き者にすればカトリック同盟の勢いを殺ぎ、自分は権威を快復できると思っていたアンリ三世は、これまで見たことも聞いたこともない暴力の嵐をひき起こしてしまったのだ。

パリは憎悪のとりことなり、復讐のことしか考えられなくなった。王がまきちらした汚れを落としてパリを浄化し、よりよき世界の到来を早めるため、パリ市民は宗教儀式、礼拝行列、集団断食を数多く実行した。首都では、神の力ぞえを求める祈りの声と、「悪魔的な」王の排除をよびかける声が同時に響きわたった。こんな国王に対しては、人間の手ですぐさま正義が行なわれねばならない。過激なカトリック同盟派であるサン・ブノワ教区の司祭は、国民の安寧（あんねい）を忘れた君主を殺すことは道徳にかなっているとたえず説き、異端の共犯者である王の暗殺は義務であると主張した。神の名誉が求める義務だ！　一五八九年一月七日、ソルボンヌ大学（神学部）は、臣民が君主に従う義務はもはやない、と公式に宣言した。アンリの名前はミサの祈りからも、高等法院大法官府の公式文言からも抹消された。彼の肖像画は引き裂かれ、燃やされた。フランス人ならだれでも、彼にはむかうために武器をとることが可能となった。彼の死を願う気持ちが高まったあげく、蝋でアンリ三世に似せた像をつくり、呪いの言葉を唱えながらこれに丹念に針を刺すこともはやった。

　パリ市民が国王を指弾すると、フランス中がこれにならった。都市の四分の三が王権から離脱したといわれる。一二月にギーズ公を殺させてからたった三か月で、アンリのもとに残ったのはブロワ、トゥール、ボージャンシーだけとなった。面積にすればほんのわずかだ。王国はみるみるうちにしぼんでしまったのだ。邪悪の権化とされ、失墜したアンリ三世であったが、意気消沈したようすはみせなかった。じっとこらえて、反撃せねばならない。荒波もいずれは引くにちがいない。待てば海路の日和（ひより）ありだ。カトリック同盟に打ち勝つため、ナバラ王アンリやユグノー「プロテスタント」と手を結ぶべきだ、と勧める者もいるが、そんな必要はない。農村地帯は自分に忠実な部隊が掌握している。地方総督の多くは信頼に足る人間だ。事態が好転するまで雌伏する君主には、新たな首都が必要だ。アンリ三世はトゥールを選び、三月六日にここに宮廷をかまえると、パリ高等法院と会計法院の法官たちもこちらに来て職務を果たすよう命じた。有望な同調の動きはいくらかみられるものの、アンリ三世一人でカトリック同盟に対抗できるのだろうか？　それはむずかしいと考えたナバラ王アンリが、だれよりも先に支援を申し入れた。当初は迷ったアンリ三世だったが、カトリック同盟の新たな首領となったマイエンヌ公による軍事攻勢をおそれ、最終的にナバラ王の申し出を受け入れた。四月三日の夜、トゥール大聖堂で協定書が締結された。「いとも敬虔なキリスト教徒［カトリック教徒］であるはずのフランス国王とユグノーが手を結んだと知って、教皇特使は怒りに声をつまらせた。アンリ三世は次のように釈明した。「マイエンヌ公がわたしの喉を切り裂きにやってくるとしたら、わたしは異端やトルコ人の手を借りてでも自衛する必要がある。だからといって、わたしが彼らの宗旨や誤謬（ごびゅう）を認めるわけではない。このような場合、わたしと同じようにふるまわない君主がいるだろうか？」

実際のところ、協定はカトリック同盟をたたくことを目的としており、アンリ三世はナバラ王アンリに合同軍の結成をもちかけた。二人のアンリは、スペインを味方につけたカトリック同盟に対する戦いで共同戦線を張ることになった。アンリ三世は、カトリック信仰の利益より国家の利益を優先したのだ。彼はこうして旗幟（きし）を鮮明にした。決定的に。

## 国王殺害者

ナバラ王アンリはトゥレーヌ地方に向かって疾駆した。会見は四月三〇日、プレシ・レ・トゥール城の庭園でもたれた。「本物の軍装のまま、汗とほこりにまみれた」ナバラ王アンリは、フランス国王の足もとに身を投げ出した。後者は、宮廷服（暗色の絹の胴衣と短いマント）を着て、トレードマークとなった羽根飾りのついた小さな黒い帽子をかぶり、相も変わらずエレガントであった。アンリ三世は義弟であるナバラ王を立たせて抱擁した。いつになく高揚をおぼえた群衆は二人のアンリの名を歓呼した。数週間前は想像もつかなかった希少な融和の瞬間だった。当然ながら、抱擁によっていっぺんに猜疑心が払拭されたわけではなかったが。しかし、五月八日にマイエンヌ公がサン・サンフォリアン近郊で王党派を狙って起こした襲撃が、二人のアンリのあいだに残っていたわだかまりを一掃した。自分の領地に戻る途上にあったナバラ王は一報を受けると、みずから先頭に立って道を引き返し、敵を打ち負かした。王党派とユグノーがマイエンヌ公を敗退させたのだ。ナバラ王はフランス国王を救った。信頼を確立するのに、戦場でつちかわれた友愛以上に有効なものはない。

アンリ三世は希望をとりもどした。これまでためらうことが多すぎたフランス国王は、ナバラ王が忠実な家来であり、幸運の女神に贔屓（ひいき）にされている行動的な人間だとわかった。この新たな味方を得たことで自信をとりもどしたアンリ三世は、マイエンヌ公に率いられたカトリック過激派を徹底的にたたくことを決意した。

「陛下の王国をとりもどすためには、パリの橋の上を通るべきです」とナバラ王は進言した。

アンリ三世はこれに従った。合同軍はパリへと進軍した。宗教戦争がはじまって以来もっとも大規模な三万人の軍勢がパリに攻勢をかける手筈を整えた。ナバラ王は「パリは美女のようなもの。接吻しようとやってきたのに、その胸に手を置かないとしたら、王国の運命にかかわりますぞ」と好色な彼ならではのたとえを用い、できるだけ早く戦いをはじめたいと意気ごんだ。アンリ三世は同意した。軍勢はサン・クルーの橋まで歩を進めた。七月三一日、国王はゴンディ家が所有するサン・クルー城を陣屋とした。パリは目の前だ。ムードン、ヴォージラール、ヴァンヴと、次々に攻め落としたナバラ王はパリの包囲網を狭めた。八月一日、パリに近づくと、翌日の最終戦の準備にとりかかった。

同じころ、サン・クルー城のアンリ三世の起床儀礼が終わろうとしていた。そこに、急な拝謁を求めている者がいる、との知らせが入った。パリから来た修道士が、カトリック同盟の捕虜となっている高等法院長、アシーユ・ド・アルレーから託された書簡を国王にお渡ししたい、と言っているとのことだった。穴あき椅子［腰かけ式便器］に座っていたアンリ三世は会ってやることにした。修道士は通された。頬髭を短く刈りこんだ、小柄なドミニコ会修道士だった。名前はジャック・クレマン。

クレマンは王に手紙を差し出しながら、陛下と二人だけでお話しさせてほしい、と求めた。修道士にはつねに寛大であったアンリ三世は、この願いをきいてやった。彼は書簡を手にとり、開封して読みはじめた。そして立ち上がってズボンを引き上げていたとき、クレマンが袖のなかに隠していたナイフを取り出して王を刺した。下腹部を傷つけられたアンリは自身で傷口からナイフを引き抜いて襲撃者に逆襲し、額に軽傷を負わせた。その間も「あー！　悪い坊主め！　余は殺された！　やつを殺せ！」と叫んで助けをよんだ。

親衛隊がすぐさまかけよった。修道士は逃げることも考えずに、その場に立ちつくしていた。彼は虐殺され、死体は窓から放り投げられた。

侍医たちは、王の傷は重症ではないと思った。しかし、アンリ三世の出血はひどかった。寝台に運び、包帯をあてた。全員に対して王は毅然とした態度を見せ、自軍による今朝の攻撃についての報告を求め、ナバラ王に連絡するよう命じた。そして、当時シュノンソーにいた王妃ルイーズ宛の手紙を口述筆記させ、彼女を安心させるために最後の二行は自分の手で書いた。次に、王を狙ったこの襲撃について王国中に通知するための書簡をしたためるよう命じた。そのなかには、「［国王に］命の危険はない」との文言があった。しかし、アンリは苦しみだした。侍医たちは浣腸が有効だと判断したが、なんの効果もなかった。ナバラ王の到着が告げられたのは一一時であった。

アンリ三世は自分の運命を嘆きも悲しみもしなかった。なによりも王位の継承について案じる国王としてナバラ王に語りかけた。

「弟よ、わたしは確信しているのだ。わたしが守ってきた権利を掌握すべきなのはそなただと。わたしがこれを守ってきたのも、神がそなたにおあたえになったものを、そなたのために維持するためだった。これこそ、そなたが見てのとおりの状態にわたしがおちいった理由だ。わたしがつねに守り手をつとめてきた正義にかなうのは、そなたがわたしの跡を襲ってこの王国の君主となることである。しかし、もしそなたが宗旨を変えること［プロテスタントからカトリックへの改宗］を決意しないのであれば、そなたはこの王国で多くの障害に出会うだろう」

自分の述べる気高い言葉がすべての人の耳にとどくことを欲したアンリ三世は、苦労しながらも声を張り上げた。

「わたしは友人であるあなた方にお願いする、わたしはあなた方の国王としてあなた方に命じる。わたしの死後、ここにいるわたしの弟を——アンリ三世はナバラ王を指さした——「後継者として」認めることを。そして、わたしの面前で、わたしを満足させるため、そして皆の義務として、彼に臣従の誓いをたてることを」

だれもが心を打たれた。百戦錬磨の武士たちの目にも涙があふれた。全員がナバラ王アンリに臣従の誓いをたてた。アンリ三世はまた、臣下たちには持ち場につくよう、ナバラ王アンリには軍隊のすべての陣営に視察に行くよう命じた。王の枕辺に残った者たちにとって、この八月一日の午後は永遠に続くかと思われた。アンリ三世は苦しんだ。夜になると、侍医たちは懸念を口にした。傷の状態は悪かった。高熱は王を苦しめ、衰弱させた。アンリは残る力をふりしぼって聖体拝領を求めた。罪を告解し、こうした場合の祈りの言葉を唱え、敵を許し、自身も罪の赦しを得た。やがて、言葉が出なくなったが、二度十字を切った。息を引きとったのは朝の三時ごろだった。

こうしてヴァロワ朝最後の君主がこの世を去った。メロヴィング朝以来、国王が殺されたのははじめてだった[1]。サン・クルー城の寝室で、泣きぬれる侍従や武官に囲まれているのは、もはや亡骸となった三八歳の故王であった。外科医たちが解剖の準備をはじめていた。だれも、王制伝統の「国王崩御、(新)国王万歳!」の文言を口にしなかった。

そのころ、フランス王国で、ナバラ王ブルボン家のアンリをアンリ三世の後継者と認める覚悟を固めた者はごく少数であった。

## 殺人の謎

この殺人の謎を探り、殺人犯の人物像に迫ってみよう。それにしても、なんとたやすい犯行だったことか！　なぜ、神父や説教師が国王の殺害を毎日のようによびかけているパリからやってきた聖職者を王の面前に通してしまったのか？　王も自分が危険であることを承知していた。周囲から警戒するようにくどいほど言われていたのに、アンリ三世は気にとめなかった。同時代人の一人は「修道士と会うことは彼にとってつねに喜びであった」と述べている。ジャック・クレマンにお目通りを許すと決めたときも用心すべきだと心配されたが、アンリ三世は「彼を入れるがよい。もし余が拒否したら、余は司祭に少しも会いたがらない、とパリで噂となろう」と答えた。

クレマンは、ナイフを手に群衆のなかにひそんで待ち伏せし、通りに飛び出してアンリ三世を襲ったのではない。遠くから火縄銃で狙ったのでもない。扉を破って押し入ったのでもない。国王陛下の面前に通されたのだ。彼は計画を練り、国王の側近たちから疑われないようにふるまったのだ。

それにしても、なぜボディチェックをしなかったのだろう？　なぜ、王と二人きりにしたのだろう？　国王自身がおつきの者たちに退出を命じたのは事実であるが。二人きりになるとクレマンは王に近づき、凶器をふりかざした。

クレマンの行動は、冷静沈着な決意があったことを示している。サン・クルーに向かう途中、たまたま出会った高等法院の主席検察官はクレマンの巧みな話術のためになんの疑いもいだかなかった。クレマンは、高等法院長ド・アルレーから言付(ことづ)かったメッセージを国王にじきじきにお伝えしたいのだ、とおちつきはらって述べ、論より証拠とばかりにイタリア語で書かれた手紙と、やはりカトリック同盟の捕虜となっていたブリエンヌ伯が発行した旅券（国王派の前線を通過するのに必要だった）を見せた。クレマンは誠実そのものに見えた。本心を隠す自制心は完璧だった。犯行の前日、主席検察官の宿に招かれたクレマンは召使いたちと夕食をとったが、旺盛な食欲をみせ、国王殺害のために買い求めたナイフでパンを切り分けた。とはいえ、テーブルを囲む者たちのなかには、ドミニコ会修道士がこの場にいることに違和感をもつ向きもあった。ドミニコ会は国王の殺害を計画しているのではないか、と問われたクレマンは顔色一つ変えずに「どのような組織にも、よい人間と悪い人間がいるものです」と答えた。何事もなく一夜をすごしたあと、クレマンは国王が起床するまで、神経が昂(たか)ぶったようすなど少しも見せずに庭を散歩した。王の寝所に通されたのち、主席検察官が人払いしてクレマンと二人だけになるのは危険だと述べたときも、少しも動じなかった。主席検察官は次のように警告したといわれている。

「陛下、この者に大声で話すよう命じるべきです！　この手の者たちが陛下をあやめるためにやってくるはずだ、との噂が毎日のようにお耳にとどいているではありませんか」

クレマンは平静を保ち、犯行を早めようとはしなかった。感情をコントロールしたまま、アンリ三世の決断を待った。

「近よるがよい」と王は命じた。

クレマンにとって、あとは計画を実行に移すだけだった。

犯行後、親衛隊がクレマンを惨殺したことはまちがいだった。直後から、だれもがとり返しのつかないあやまちだったと気づいた。被告死亡のまま裁判を開くほかなかった。証人たちが宣誓供述し、犯人の死体は四肢を四頭の馬につながれて引き裂かれ、その後に焼かれて灰はセーヌ川にすてられた。

多くの疑問が残った。クレマンは単独犯だったのだろうか、それとも共犯者がいたのだろうか、またはだれかに命じられたのだろうか？　ある偶然が謎の解明を助けた。一一月三日、フランス国王アンリ四世となったかつてのナバラ王アンリの部隊がパリ郊外で捕縛した者たちのなかに、エドム・ブルゴワンという神父がいた。ジャック・クレマンが属していたドミニコ会修道院の院長で、クレマンと同じくシャンパーニュ地方出身だった。しかも熱烈なカトリック同盟派であり、ナバラのアンリのフランス国王即位を後押しするようなことは何であろうと反対、という立場だった。ブルゴワンの裁判はトゥールの高等法院で行なわれた。被告は容疑を全面的に否認した。自分はクレマンが何を考えているのかまったく知らなかった！　アンリ三世が亡くなる前に国王の殺害をよびかけたことも、死後に殺害をたたえたこともない！　それでもブルゴワンは大逆罪を理由に死刑を宣告され、アンリ三世殺害の「秘密を自白する」ことも、共犯者の名前を明かすこともないまま、四つ裂きの形に処せられた。今日では、ジャック・クレマンの犯行にブルゴリンが関与していたことはまちがいないとされている。証拠はないが、検察側の証人の供述や、同時代人の話を根拠に、歴史研究者たちはそのように確信している。全員が、クレマンは自分が実行に移そうとしている行為――国王殺害――の正当性について自分の上に立つ修道士たちに相談していた、と証言している。

しかし、まわりから愚鈍とみなされていたクレマンが、主席検察官ド・アルレーが書いたといつわったイタリア語の手紙を入手することがどうしてできたのだろう？　どのようにして、カトリック同盟の捕虜であったブリエンヌ伯に近づき、旅券を発行してもらうことができたのだろう？　クレマンの犯行は、より高いレベルの首謀者にそそのかされた結果ではないだろうか？

当時の人々――ピエール・ド・レトワール、ド・トゥー、バソンピエールなど――は、陰謀があったと確信していた。クレマンが、所属する修道院の何人かの聖職者に背中を押され、熱狂的なカトリック同盟派のパリ商人頭ル・シャペル＝マルトーの助けで前線を超えるのに不可欠な通行証を取得したのは本当だ。しかし、殺害命令を出したとまでいわずとも、殺害するという考えをクレマンに吹きこんだのは、より身分の高い者たちだった。年代記作者たちはマイエンヌ公と、その姉で策謀家のモンパンシエ公爵夫人カトリーヌ＝マリ・ド・ロレーヌの名前をあげている。二人は、一五八八年の降誕祭の二日前、アンリ三世の命令でキャラント＝サンク「アンリ三世の護衛を任務とする、ガスゴーニュ出身武官で構成された部隊」によってブロワで殺された金瘡公アンリ・ド・ギーズの弟と妹であり、彼らにとってアンリ三世は不倶戴天の敵だった。

カトリック同盟派は否定するだろうが、彼らが主張するところの神の怒りだけがジャック・クレマンを導いたのではないのだ。クレマンの上位にあった修道士がからんでいたのは確かだ。アンリ・ド・ギーズの弟と妹がかかわっていた蓋然性もかなり高い。国王殺害は、彼らにとって好都合だった。ナバラ王アンリの殺害も、同じように好都合だったろう。彼らはこちらも計画していたのだろうか？　そのあたりは不明だ。しかし、残酷な刑死を受ける前にブルゴワン神父が放った最後の言葉はなかば自白のように聞こえる。

「われわれは、やりとげることができたこと〔アンリ三世の殺害〕はうまくやったが、やりたいと思っていたこと〔異端であるフランス王位継承者に対する襲撃？〕は果たしていない」

アンリ三世の死が知らされると、パリでは公共の場での祈り、礼拝行列、ミサが行なわれ、喜びのかがり火が焚かれ、真の信仰の新たな殉教者としてクレマンをたたえた。クレマンが神から使命を託されたことを疑う者はいなかった。クレマンは主（しゅ）の御心を実行するユディット、ダヴィド、サムソン〔いずれも旧約聖書に出てくる、ユダヤ民族の英雄〕であった。クレマンの断食、苦行、祈り、実際に彼が体験した、もしくは体験したと思われる幻視について人々はあくことなく語った。ナイフをおびた若き修道士は聖人にまつりあげられた。

首都はお祭り騒ぎだった。モンパンシエ公爵夫人は「皆さん、吉報です！　吉報です！　暴君が死にました。フランスにはアンリ・ド・ヴァロワはもういないのです」と叫びながら街中を練り歩いた。

顔に笑いを浮かべず、悲しそうにしているパリ市民は異端信仰者とみなされた。

それだけではない。クレマンによる「奇跡」と、「不敬な」アンリ三世の死が対（つい）となって語られた。誹謗（ひぼう）文書――アンリ三世在位中、たえず発行されていた侮辱的な文書――が、故王は終油の秘跡をこばみ、神ではなく悪魔にすがった、と嘘をまきちらした。多くの人がこれを信じた。アンリ三世は生涯を通じて、イメージをねじ曲げられていた。彼の敵は殺害に成功したのち、今度は彼がキリスト教徒として死んだという事実を認めようとしなかった。ある見識豊かな同時代人は、アンリ三世の国家を守るための努力に思いをはせ、「もし彼がよりよい時代に生まれていたら、非常にすぐれた君主となっただろう」と述べている。宗教戦争が続いた半世紀は多くの人にとった残酷な時代であり、アンリ三世にとっては致命的だった。

内戦やスペインの執拗な敵意、野心のぶつかりあい、パリの反乱にもかかわらず国を統治し、改革し、法律を制定したアンリ三世に対して、歴史はこれまで不公正な評価をあたえることが多すぎた。王家の権威を守ることはアンリの心をたえず占める信念であった。アンリ四世となるナバラ王と手を結び、彼を正統な後継者と認定したのはこの信念ゆえだった。これが、王制が生きのびて将来を開くことを可能とした。彼が狂信的なカトリック同盟派の手にかかって死んだのも、この信念ゆえだった。

〈参考文献〉

Buisson, Jean-Christophe, *Assassinés*, Paris, Perrin, 2013.
Pernot, Michel, *Henri III, le roi décrié*, de Fallois, 2013.
Solnon, Jean-François, *Henri III. Un désir de majesté*, Paris, Perrin, 2001; coll. « Tempus », 2007.
——, *Catherine de Médicis*, Paris, Perrin, 2003; coll. « Tempus », 2007.

〈注〉

1　メロヴィング朝のキルペリク一世が五八四年に暗殺されたのが最後であった。

## 10 アンリ四世の最期の日々
### ——一六一〇年

ジャン゠ピエール・バブロン

ブルボン朝の始祖。ユグノー［プロテスタント］であったがカトリックに改宗して王位につき、カトリックとプロテスタントの融和、宗教戦争で荒廃した王国の復興に努めた。良王アンリとよばれ、「わが国のすべての農民が日曜日には鶏の煮こみが食べられるようにしたい」と述べたと伝えられる。

アンリ四世の死は、同時代人に大きな衝撃をあたえ、その後何世紀にもわたって語り継がれる事件の一つとしてフランス史にきざまれている。人間としての欠陥は多々あったものの、先王のたんなる後継者ではなく、最悪の状況下で権力を自力で勝ちとり、命を危険にさらしつつ、そのエネルギーと先見の明で自分の権威を認めさせたこの人物の予期もせぬ死は、何十年と続いた宗教戦争からたいへんな思いをしながらようやく抜け出しつつあったフランス国民を驚愕させた。それと同時にフランスは安堵(あんど)することができた。とにもかくにもブルボンという新王朝が継続し、若年の新王が即位し、その母が摂政をつとめることになったからだ。王朝の未来に影を落とす危険を予知していたのだろうか、アンリ四世は妻に王妃聖別式を受けさせ、戴冠させていた。これにより、彼女は摂政をつとめる資格を得ていた。

## クレーフェ・ユーリヒ継承戦争

事件は、不安な気配が国王のみならず国全体にのしかかっている状況下で起きた。クレーフェ公国とユーリヒ公国の継承にかんする国際紛争である。とはいえ、フランスの全権大使の仲介により、スペインとネーデルランドとのあいだに一二年の休戦条約が結ばれたこともあり、一六〇九年は幸先のよいスタートを切っていた。だが欧州の平和はカトリックとプロテスタントの争い、強国の領土拡張主義によってあいかわらず脅かされていた。クレーフェ・ベルク・ユーリヒ公のヨハン＝ヴィルヘルムが一六〇九年三月二五日に亡くなったことは、ネーデルランドとライン川沿いのドイツに接する、地政学的に欧州一あやうい地域の、これまたきわめてあやうい均衡をくつがえすおそれがあった。ヨハン＝ヴィルヘルムは、クレーフェ・ベルク・ユーリヒ連合公国、ラーヴェンスベルク伯領、マルク伯領、ラーフェンシュタイン領を、すなわちライン川、マース川、ルール川にはさまれ、ケルン選帝侯の支配圏に接する一国を支配するカトリック君主であった。しかし、彼には後継者はおらず、継承権をもつ者の大半はプロテスタントのドイツ諸侯であった。そのなかのブランデンブルクの辺境伯とノイブルクのパラチナ伯が継承権を主張、実力行使に出て、人々からさっそく「占有公」とよばれた。神聖ローマ帝国のルドルフ二世は現状追認をよしとせず、継承権をもつと主張する者全員を招集した。スペインの支配下にあったブリュッセルでは、スペイン・ハプスブルク家の大公たちが連合公国はカトリック君主に帰すのが望ましい、と考えていた。パリでは、アンリ四世、腹心のシュリー公、外交問題では王もその卓見を傾聴していた国務卿ニコラ四世・ド・ヌフヴィル・ド・ヴィルロワが、どのような政策でのぞむべきか協議を重ねた。これは、欧州の地図を描き変え、焦点となっている領土の一部をフランスに帰属させる好機であった。

ゆえに、ヨハン゠ヴィルヘルムが遺した領土への皇帝の影響力を維持するためにルドルフ二世が反撃に出ることを決定し、軍隊を送り、一帯にとって要衝の地であるユーリヒの町と城塞を占拠させると、スペインと大公たちは喝采(かっさい)したが、フランスの世論はわき立ち、貴族たちは戦争だと浮き足だった。アンリ四世はただちに軍隊の再結集を準備し、みずからが軍を指揮して神聖ローマ皇帝の軍隊と戦って領土を征服すると宣言した。

## 罪なき誘拐

こうした欧州の政治的均衡の問題と皇帝による軍事介入がアンリ四世を奮い立たせたことはまちがいないが、以上にくわえて、もう一つ、まったく性質がことなり、めざとい同世代人に揶揄(やゆ)された一つの決意が国王の背中を押した。いい歳をしても好色ぶりがおとろえず、あいかわらず「恋にうつつを抜かす」ことが多いアンリ四世は、そのとき夢中になっていたシャルロット・ド・モンモランシーをとりもどすためにスペイン・ハプスブルクと戦うことを決意した、といわれているのだ。一六〇九年一月に王妃マリー・ド・メディシスが催した舞踊劇で、王はシャルロットの美貌に衝撃を受けた。当時まだ一五歳にもならないシャルロットは、アンリ四世の旧友であるモンモランシー大元帥の孫娘であった。この新たな恋に心をかき乱された国王は寝ても覚めてのシャルロットのことばかり考え、彼女と陽気な武人バソンピエールとの結婚話がもちあがっていると聞くと憤慨した。だれかと結婚させねばならないのなら、病弱で陰気で不器用な男にくれてやるのがよい。自分の従兄の息子、コンデ公アンリがぴったりだ。王族ブルボン家のコンデ公との縁談ならばシャルロットとしても断わるわけにはゆくまい。若いコンデ公は結婚後に自分がおちいる面倒な状況を察して少し抵抗したが、結局は折れた。結婚式は一六〇九年五月一七日にシャンティイーであげられた。国王は、一六〇七年にオノレ・デュルフェが出版したばかりの有名な小説『ラストレ』に出てくる甘い言葉を写しとった熱烈な恋文をシャルロットに送りつづけた。

国王の老いらくの恋が宮廷の宴でのゴシップ談義をたえず焚きつけているなか、コンデ公は反撃に出た。一一月の終わり、妻をともなってこっそりと北へと向かい、数日後にスペイン支配下のブリュッセルに到着した。これが「罪なき誘拐」とよばれるエピソードである。フランスの敵、スペイン・ハプスブルク家の大公たちはコンデ公夫人の身柄を預かることを喜んで承諾したが、政治的波紋を懸念して、夫を公式に受け入れることは少々躊躇した。フランスで国王アンリは怒り心頭に発していた。王族であるコンデ公が国王の許可なくして国外に出ることは禁じられているのに…。美しいシャルロットをなんとしてもとりもどさねば、とアンリ四世は息巻いた。これこそ、彼が戦争をしかけようとしたほんとうの動機である、とささやかれた。

## 開戦前夜

ヴィルロワを筆頭とする顧問たちは、ハプスブルク家の野望を阻止するために欧州全体を動員するつもりであった。同盟関係を強化し、大国スペインのたっぷりしたマントの裾の一部でも切りとって自分のものにしようと夢見るすべての国を結集する必要がある。シュリーと、ドーフィネ総司令官であるレディギエール元帥の勧めにしたがい、アンリ四世はサヴォイア公に同盟を打診した。当時まだ四歳であった娘のクリスティーヌを、サヴォイア公の息子ヴィットーリオ＝アメデーオに嫁がせると約束した。これを受け、サヴォイア公は同盟への参加を決め、次の春にはスペインに支配されている旧ミラノ公国に侵攻すると約束した。この侵攻が成功し、もしヴェネツィアが反対しないのであれば、サヴォイアはフランスに譲渡されることになった（一六一〇年四月二五日のブルゾーロ条約）。だが、ドイツ諸侯のプロテスタント同盟にフランスが手を貸すことに教皇パウルス五世が難色を示した。アンリ四世はまた、フィレンツェのメディチ家も、スイスの各州も、ロレーヌ公も説得できなかった。イングランドのジェームズ一世も、アンリが生まれたばかりの末娘アンリエットを王太子チャールズに嫁がせるとまで約束しても、首を縦にふらなかった。ようするに、ことは思ったように運んでいなかった。プロテスタント同盟の諸侯たちも、クレーフェ公国やユーリヒ公国がフランスのものとなってカトリック信仰が強制されることは決して望んでいなかった。それでもアンリ四世は行動に出る決意を固めていた。

もう後戻りはできないとばかりに、軍が招集された。シュリーは軍隊の近代化に能力を発揮し、スペインの勇猛な歩兵部隊とわたりあう準備を調えていた。兵站、宿営、俸給、弾薬補給、野戦病院に改革をもたらしたのだ。一族郎党(いちぞくろうとう)を総動員する封建時代の軍隊で満足する時代は終わっていた。王国の財務には、義勇兵に俸給を支払う余裕があったからだ。こうして、クレーフェ・ベルク・ユーリヒ連合公国を征服するために新たに組織された国軍は、三七〇〇〇人の兵士をかかえていた。そのうちの多くは歩兵であったが、騎兵は五〇〇〇名で、傭兵は一二〇〇〇人だけだった。大砲は敵をおそれさせるに十分なくらいの数量を確保していた――シュリーはフランス各地の兵器工廠(こうしょう)で大砲製造を精力的に推進した――うえ、兵器庫には必要な装備がたっぷりつまっていた。モーリス・ド・ナッソーが現地で国王代理官をつとめ、国王が率いるフランス軍が到着するまでにユーリヒを包囲することが決まった。

実際のところ、この戦争は王国のいたるところで不人気であり、アンリもそれを知っていた。ドイツにおけるカトリック勢力の拡大を止めたいと願うプロテスタントは支持していたが、カトリック教徒および民衆の多くは、費用がかさみ、教皇が明快に悪と断じているこの軍事作戦に憤っていた。パリの教会の説教壇に立つ説教師たちは口をきわめて糾弾したので、憤慨した国王は彼らを黙らせようとした。しかし、決定はすでにくだされ、すべての命令も発せられていた。ラ・フォルス公はピレネーの国境で警戒にあたることになった。元帥に任命されたレディギエールはすでにドーフィネ地方に到着しており、ピエモンテに行軍し、つぎにグラウビュンデン［スイス］の派遣部隊の協力を得てミラノ公国を侵略する手はずを整えていた。国王軍は、砲兵隊も結集しているシャロン・シュール・マルヌで態勢を整えていた。ブリュッセルの大公たちは最終的に、アンリ四世の軍隊が領地を通過することを認め、同時にコンデ公夫人シャルロットをフランスに返す方法を模索した。

## 王妃の戴冠

見通しがはっきりしない軍事行動に出る前に、アンリは後顧（こうこ）の憂いがないようにフランス王制の継続性を固めておこうと思った。国王は戦場にあっても、政府も幼い王太子ルイも、その母である王妃もパリにとどまる。摂政会議が結成されたが、王妃マリーは明快な権威の印しを自分にあたえるよう夫に迫った。カトリーヌ・ド・メディシスとエリザベート・ドートリッシュ［シャルル九世の妃］の例にならい、王妃として聖別される戴冠式を行なってほしいと願いながらも、それまで待たされていたからだ。アンリはしばらく言（げん）を左右にしたが、最後には、王妃の権威にお墨つきをあたえて将来にそなえるのは必要なことだと認めた。戴冠式の場所はサン・ドゥニ大聖堂、日付は一六一〇年五月一三日と決まった。

当初は式典の費用に頭を痛めたアンリだったが、やがて大いに熱を入れて準備に取り組んだ。前日の夕方、すべての宮廷人がサン・ドゥニに足を運んで、ここで一夜をすごした。当日、修道院付属大聖堂で遂行された式に、祭壇の右に位置するガラス張りの桟敷に陣どって列席したアンリは、王妃のあたりをはらう威厳と、その優美な仕草に見とれ、儀式そのものにも心の底から感動した。夕方、夕食のあとでアンリは王妃とともにルーヴル宮に戻った。次は、パリ市が王妃に捧げることを決定し、次の日曜日に予定されていた入市式〔即位後の王や王妃の諸都市歴訪のさいの儀式〕の準備にとりかからねばならない。翌日からの予定が細かに決められた。一四日金曜は政務に専念。一五日土曜は猟犬を使っての狩りで息抜き。一六日日曜は王妃の入市式。一七日月曜と一八日火曜は、アンリの庶子であるカトリーヌ＝アンリエット・ド・ヴァンドームとモンモランシー元帥の息子との結婚式（アンリ四世の死によって破談となり、花婿候補は大いに安堵することになる）。五月一九日水曜は、アンリの前線への出発日であり、シャロンに向かって自軍を率いる予定だった。

## 非難される王

先に述べたように、フランスの世論は全体としてこの戦争にきわめて批判的だった。王家の出費は一六〇〇年には三〇万リーヴルであったのが、一六〇九年には四〇万リーヴルとなっていた。くわえて王妃の出費は五四万リーヴルにもなっていた。国民は、アンリの金遣いの荒さ、畜妾（ちくしょう）、建築熱、賭博好きに憤っていた。シュリーが税務の手綱をしっかりと引いていたものの、人々の徴税に対する不満は非常に大きく、一六〇九年の通貨改革は、パリ市役所が保証人となっていた国債の購入者を筆頭に、多少とも貯蓄がある人々に貨幣価値の下落を懸念させた。ベリー地方のボワベルにもつ自身の公領で、新しい町アンリシュモンの建設を一六〇九年に着工させたシュリーにも批判の矢が放たれた。

宗教面では、ナントの勅令［プロテスタント信徒にカトリック信徒とほぼ同等の権利を認める、アンリ四世が一五九八年にナントで出した王令］の適用と、権力機構中枢におけるプロテスタントの優位は、カトリック信徒たちの感情をいたく害した。シャラントンのプロテスタント教会［ナントの勅令により、パリから二〇キロ以内でのプロテスタント教会は禁止された。シャラントンの教会は、勅令発布後にパリ郊外にはじめて建設されたプロテスタント教会］での礼拝は憤激をひき起こし、牧師は殺されかけた。暴君アンリを殺すべきだとの考えが少しずつフランスの民衆のあいだだけでなく、国外にも広まっていた。フランス国王が死んだとの噂はカンブレー、アントウェルペン、ケルン、マーストリヒトに同時に広がり、アンリ四世を狙って失敗した暗殺計画は数えきれないほどあった。回想録作者たちは二五回までを記録している。一五九四年一二月に、イエズス会の学校の生徒、ジャン・シャテルが起こした暗殺未遂事件では、国王は唇に切り傷を負った。

国民を愛し、つねによい関係を築こうと努めてきたアンリは、このような憎しみを向けられて深く傷ついた。占星術師たちから五月は不吉だから気をつけたほうがよいと言われ、アンリは側近たちに心中を打ち明けた。「バソンピエール、自分でもなぜかわからないのだが、ドイツに行くことができる、と自分に言い聞かせることができないのだ。おまえがイタリアに行くとも思えないのだ」。そして、複数の人間に「自分はじきに死ぬと思う」とくりかえし述べた。シュリーには、「なんということだ！　わたしはこの町で死に、この町から出ることがないだろう。彼らはわたしを殺すだろう。わたしの死のほか、彼らの危険への対策は存在しないのだから」と言った。

彼は鬱状態におちいったが、こんなときも気持ちを奮い立たせて立ち向かうのがアンリだった。五六歳で中肉中背、大きな鼻が特徴的、頬髭(ほおひげ)も口髭も髪も白く、目は青かった。痛風の発作、性感染症の頻発と、彼の健康状態はしばしば周囲の者に心配をあたえたが、旅、狩猟、戦闘と席が温まる暇もなく、まだまだ活動的であった。

## 一六一〇年五月一四日

この日は、未処理の問題をかたづけ、出陣と王妃入市式の最後の準備をすませるはずだった。前夜、王はあまりよく眠れなかった。いつものようにマリー・ド・メディシスとともにすごすことが多い小部屋ではなく、自分の部屋で就寝した。いつものように明け方に起床し、着替えると自分用の時祷書をもってこさせ、寝台に横たわって祈りを唱えた。六時ごろであった。次に、三人の臣下を引見し、部屋から出ると回廊を通ってテュイルリー宮の庭園に出て、これを横切った。王太子ルイがあいさつに訪れた。アンリはフイヤン修道院の礼拝堂（現在のカスティリオーヌ通りのあたりにあった）でミサにあずかり、庭園をとおって宮殿に引き返すと、ギーズ公とバソンピエール元帥が訪れて笑わそうとしたが、国王はいつもと違って愁眉(しゅうび)を開くことなく、「そなたたちはまだ、余のことをわかっていない。だが、余は近いうちに死ぬだろう。そなたたちは余を失ってから、余にどれほどの価値があるのか、余とそのほかの人間とのあいだにはどのような違いがあるのかを知るだろう」と述べた。

それから、軍隊の指揮官たちとともに、進軍の準備を再開した。アンリがテーブルにつくと、嫡子(ちゃくし)である七歳と四歳の幼い王女、エリザベートとクレティエンヌ（別名クリスティーヌ）、一三歳のマドモワゼル・ド・ヴァンドーム（カトリーヌ＝アンリエット。愛妾ガブリエル・デストレが生んだ庶子だったが認知された）があいさつに訪れた。三人とも、王妃戴冠式が行なわれたサン・ドゥニから戻ったところだった。その後、非常に忠実な顧問であるブルゴーニュ高等法院長ピエール・ジャナンと財務長官のアルノーを引見した。その後、ラ・フォルス公とともに王妃の居室におもむき、本心をいつわって陽気をよそおった。シュリーは、住まいとしているパリ兵器工廠の一角で病に伏せっていた。見舞いに行くべきか？　見舞いに行かないとシュリーの気分をそこねるのでは、と国王は懸念した。小部屋に戻ると、ヴェネツィアから戻った伝令を引見した。「なんということだ、胸騒ぎがする」と独り言をつぶやいた。それから王妃の居室をふたたび訪れ、幼い王子たちと遊んだ。

国王が外出すると決めたと知って、親衛隊長がお供いたします、と申し出た。「この大都会にはいま、信じられぬほど多くの外国人や身元不詳の者がおります」というのが理由だった。アンリはこれを断わったが、王妃に「ねえ、わたしは行くべきだろうか、行かないほうがよいのだろうか？」と問いかけて迷っている気持ちを表明した。ついに気持ちを固めたアンリは王妃に接吻して「着いたらすぐに引き返すだけだ。あっというまに戻ってくるよ」と言った。

アンリは、西翼と南翼の角に通じる小さならせん階段を降り、ルーヴル宮の四角い中庭へと出た。親衛隊の別の隊長が同行を申し出たが、今回もアンリは断わった。ここで王がマントを脱いだので、「起毛した黒い絹」の服を着ているのがわかった。それから、待機していた四角い馬車に乗りこんだ。王は奥のベンチの左側に腰を下ろし、その右にエペルノン公が座った。アンリはエペルノン公に一通の手紙を読み聞かせるつもりだったからだ。同公はアンリ三世の寵臣だったが、アンリ四世にもそれなりに靡(なび)いていた。前のベンチにはおなじみの側近（宮内府小主馬寮(しゅめりょう)の主馬頭であるシャルル・デュ・プレシ＝リアンクール、国王の部屋付き専任侍従のミルボー侯）が陣どった。右側の扉を背にした座席に座ったのはラヴァルダン元帥侯と、カトリックだが国王に忠実なアントワーヌ・ド・ロクロール男爵であり、右側の扉を背にした座席に座ったのはモンバゾン公エルキュール・ド・ロアンとラ・フォルス公であった。一六時、もしくはそれより少し前だった。王は日付を気にして、今日がほんとうに一四日かどうか知りたがった。

出発が命じられたが、はっきりしない命令だった。国王は気分を転換しようと、王妃入市式の準備がどれほど進んでいるか見たがった。とくに、凱旋門や目を楽しませるさまざまな趣向がこらされたサン・ドゥニ通りに関心があった。御者に、「余に外を見せよ」との命令がくだされ、窓をおおっていた革衣が引き上げられた。馬車がルーヴル宮を出ると、王は道順を命じた。「ラ・クロワ・デュ・ティロワール広場を通って」、それから「サン・ジノサン墓地に向かおう」

## ラ・フェロンヌリ通り

レ・アール市場に近づくと、通り道はごったがえしていた。なかでもサン・トノレ通りに続くラ・フェロンヌリ通りは、サン・ジノサン墓地納骨堂の上に張り出してそびえる家々にそって、無秩序にさしかけられた露店がならんでいるために道幅が狭くなっていた。このため、馬に乗ってつきそっていた武官や徒歩の従僕は王の馬車の扉にそって進むことができなかった。従僕の何人かは墓地を通ることにし、靴下留めをとめなおすために後ろに残った一人を除き、残りの従僕は前方をふさいでいる秣を積んだ荷車と葡萄酒の樽を運ぶ荷車をどけるために先へと走った。

　従僕たちと交替するように、一人の男が国王の馬車の扉に近よった。フランドル風の緑色の服を着た、赤髭の大男だった。アンリ四世の暗殺者として有名になるラヴァイヤックである。彼は、めぐってきた好機をついにとらえた。この日の朝、カルティエ・ラタンの聖ベネディクト教会でミサにあずかったのち、フイヤン修道院に向かった。しかし、アンリ四世が愛妾ガブリエル・デストレに産ませ、認知した息子、セザール・ド・ヴァンドームがやってきたために、計画を果たすことができなかった。ラヴァイヤックは次に、ルーヴル宮の中庭の縁石に座り、馬車がやってくるのを待った。しかし、国王が座るだろうと思っていた座席にエペルノン公がいたために予定が狂った。そこで、音も立てずに走りはじめた。

　雑踏のために馬車が止まったのを見ると、ラヴァイヤックは左側の後輪のスポークに片方の足をかけ、もう一方の足は標石の上にのせ、扉の開口部から身をのりだした。男は、柄が鹿の角でできた、よく研いだ長いナイフを携帯していた。サン・トノレの酒場で盗んだものだった。彼はこのナイフを取り出し、左手で――彼は両手利きだった――王に切りつけた。最初の一撃は、胴衣の袖をつき抜けたのちに、胴衣とシャツをつらぬいて第二肋骨と第三肋骨のあいだに刺さった。痛みのあまり、アンリはモンバゾンの肩の上に置いていた左腕をもちあげた。次の一撃はもっと下を狙い、ずっと深い傷を負わせた。ナイフは柄まで第五肋骨と第六肋骨のあいだに差しこまれ、左の肺をつき抜け、大静脈を切断し、大動脈を傷つけた。三回目の攻撃はモンバゾンの袖をつき抜けただけだった。

二回目の一撃のあと、何が起きているのかわからなかったモンバゾンは「陛下、どうかなさいました？」と叫んだ。アンリは「なんでもない」と二度答えた。最初ははっきりと、二回目はとても小さな声で。その間も、唇のあいだからは血がどくどくと流れていた。一行のなかで唯一のユグノー（プロテスタント）であったラ・フォルスは、何が起こったかをついに察し、「陛下、神のことを思い出してください」と叫んだ。サン＝ミシェルは彼を殺そうとし、キュルソン伯は顔を殴った、しかしエペルノンは割って入った。「殴るのはやめなさい。さもないと貴殿らの首が落ちますぞ」

馬車につき従っていた者たちは迅速に動いた。シャルル・デュ・プレシ＝リアンクールは市役所に走った。ジャン＝アントワーヌ・ド・クルトメルがシュリーに知らせるために兵器工廠に向かったところ、奇妙なことに、反対方向からやってくる興奮した男の一団とぶつかった。八―一〇人は徒歩で二人は馬に乗っており、「殺せ、殺せ、やつ［国王暗殺者］は死なねばならぬ」と叫んでいた。ラヴァイヤックに手出しをしないよう制止されると、彼らは群衆にまぎれて姿を消した。ラヴァイヤックはまず、モンティニーによって、すぐ近くにある市役所に連行された。ラ・フォルスとキュルソンは馬車に引き返し、窓覆いの革衣をおろしてルーヴル宮へと向かった。宮殿の中庭で、国王の体を馬車からおろし、モンバゾン、キュルソン、ヴィトリ、ノワールムティエがかかえて小さな階段を上がり、王妃の小部屋の寝台の上に横たえた。医師のプティが、しっかりなさいませ、と励ましの言葉をかけると、瀕死のアンリは三度目を開き、また閉じた。それが最期だった。大法官のブリュラール・ド・シルリがすぐに姿を見せた。その後を追うようにやってきた王妃は気絶して寝台の足もとにくずれ落ちた。ほどなくして、王妃入市式の準備を見物に出かけていた幼い王太子ルイ一三世も駆けつけ、「ぼくが剣をもっていっしょにいたら、そやつを殺したものを」と言った。

真夜中ごろ、故王が着ていた服を脱がせ、白い絹の胴衣を着せて、王の小寝室の寝台に寝かせた。医師たちは解剖を行ない、故人が健康だったことを確認した。内臓は鉛の壺に納められ、一八日にサン・ドゥニに運ばれた。心臓は銀の聖遺物箱に入れて、アンリが以前にラ・フレーシュに設立したイエズス会の学校に運ばれた。

防腐措置がほどこされた亡骸は棺に納められ、大寝室に置かれた安置台の上で展示されて一八日間をすごした。その間、棺を前にして毎日ミサが営まれた。六月一〇日、棺は壁がタペストリーでおおわれたカリアティードの間に運ばれ、大きな「貴賓寝台」の下に置かれた。貴賓寝台の上には、アンリ四世を模した人形が置かれた。これは籐（とう）を編んで作った人形に戴冠式の礼服を着せたものであり、組みあわせた両手と顔は蝋でできていた。この顔を制作できたのは、彫刻家マチュー・ジャケがデスマスクをとったおかげである。数日のあいだ、国王には毎日二回の食事が供された。まるで生きているかのように。六月二五日にルイ一三世が王に聖水をあたえるためにやってきた。こうしてアンリ四世が象徴的な第二の人生をすごした後、六月二九日、ついに葬儀が営まれた。棺はノートルダム寺院に運ばれ、盛大なミサがあげられた。三〇日、行政機関や司法機関の代表が作る長大な行列に送られた亡骸はサン・ドゥニ修道院に到着し、翌日に納骨堂に埋葬された。

## たたえられる王

国王の死の知らせは、彼に対する世論をいっぺんに逆転させた。王妃入市式の準備にわいていたパリの町に動揺が広がった。「店は閉められ、だれもが叫び、涙を流し、悲嘆にくれた。大人も子どもも、老いも若きも。女や娘たちは髪をかきむしった」とピエール・マチューは回想録のなかで記している。フランス各地でアンリ四世に反発していた者が喜びの声をあげたものの、国民の大部分は悲痛な思いに沈んだ。ピエール・マチューによると、「フランスのすべての地方で、村々の貧しい者たちが大街道により集まり、驚き、うろたえ、両腕を交錯し、旅人から痛ましい知らせを聞いているようすは哀れだった。知らせが本当だとわかると、牧人のいない羊の群れのようにちりぢりになり、泣くだけでなく、野中のあちらこちらで狂ったように叫び、うめいた」。地方都市の行政機関に至急便が届き、王の死は王国のすみずみに驚くべきスピードで広まった。プロテスタントたちは驚愕した。シャラントンのプロテスタント教会では、デュ・ムラン牧師の説教が信徒の涙を誘った。

国民は急に孤児になった気分であった。人々は新たな軍事作戦の開始が迫っていることを忘れ、国内に平和をもたらすために敵対勢力に精力的に戦いを挑んだアンリ四世の死を悼（いた）んだ。王族たちも国民に歩調を合わせ、コンデ公はブリュッセルに駆けつけて妻をつれ帰った。突然、王国の舵とり役となったマリー・ド・メディシスは、故人が立てた軍事作戦を遂行させた。軍は九月三日にユーリヒの城塞を攻め落とし、カトリック信仰を尊重することを条件として「占有公」に託した。サヴォイア公は、スペインのフェリペ三世と和解するようにうながされ、マリー・ド・メディシスはさっそく、息子のルイ一三世とスペイン王家の長女アンヌ［スペイン名アナ］、娘のエリザベートとスペイン王家の長子（のちのフェリペ四世）との婚約をとりまとめた。こうして欧州に平和が戻った。

## ラヴァイヤックの謎

多くの者が失敗したすえに、ついになしとげられたアンリ四世暗殺であったが、犠牲を捧げる行為としてこれを実行したラヴァイヤックは、自分は天から使命を託されていると考えていた。一五七八年にアングレームで生まれ、人間関係が険悪な家庭に育った。早い時期から聖職につくことを望み、はじめはフイヤン会に、次にイエズス会に入ることを希望したが、精神的にあまりにも歪んでいることを理由に入会を拒否された。幻視を体験したり、脱魂状態におちいったりすることがある男だった。生まれ故郷でユグノーたちによる残忍な行為をまぢかで目撃したことで、プロテスタント信仰の自由を認めるナントの勅令を発したアンリ四世に対する憎しみをいだいていた。この王はいまや教皇に戦争をしかけようとしている、と聞いてその憎しみは倍加した。そこで、アンリ四世に邪悪な計画を放棄するよう説得するのが自分の使命だと考えた。一六一〇年の初め、国王に話しかけようと二度試みたが果たせず、故郷アングレームに戻った。聴罪司祭の言葉によってアンリ四世を止めねばとの思いは強まり、国王殺害を考えるようになった。ナイフ一本盗んだが、まだ決心が固まっていなかったので折ってしまった。それから気を引きしめるとふたたびパリに行き、超自然的な力を得たと感じ、自身の魂の永遠の救済のために犯行におよんだ。

まずは近くのレー館に連行されたのち、コンシエルジュリ牢獄につながれたラヴァイヤックは、自分は単独犯であると主張し、これ以上ないくらいの過酷な拷問を受けてもその主張をくつがえさなかった。いまに伝わる尋問記録でも、この点は明白だ。死刑を宣告され、一六一〇年五月二七日にグレーヴ広場につれていかれると、自分を喝采するものと信じていたパリの群衆から憎悪を向けられて驚いた。そして、残忍な四つ裂きの刑で果てた。

単独犯説は素直に受け入れられず、事件直後から醜聞や衝撃の告白があいついで司法や世論の注目を浴びた。プリュヴィエ（いまのピティヴィエ）の商人頭は、球技に興じている最中に急に王の死を告げた（ラヴァイヤックの国王暗殺と同時刻だった）かどで逮捕され、コンシエルジュリ牢獄につながれたが尋問を受ける前に自殺した。かつてアンリ四世の寵愛を受けたヴェルヌイユ侯爵夫人に仕えていた若い侍女、マドモアゼル・デスコマンは、宮廷で多くのひそひそ話を耳にした自分は、エペルノン公爵とヴェルヌイユ侯爵夫人が犯行にかかわっていることを知っている、と王妃マルゴ［アンリ二世の娘で、アンリ四世の最初の妻。結婚直後から不仲で別居生活が長かったが、教会から認められて離婚となった］に語った。中隊長ラ・ガルドは、一六〇八年にナポリで刺客を引き受けないかと打診された…等々の話が出た。ヴェルヌイユ侯爵夫人とエペルノン公、マリー・ド・メディシスの化粧係であるレオノーラ・ガリガイとその夫のコンチーノ・コンチーニが関与を疑われた。マリー・ド・メディシスにも疑いがかかった。マドモアゼル・デスコマンはどのような証拠があって王国の権力の頂点に立つ人物たちを告発しているのか、とたずねられた高等法院長アシーユ・ド・アルレーは、「ありすぎるのが問題だ！　これほど多いと困る！」と答えた。クルトメル男爵がラ・フェロンヌリ通りで出会った、興奮した男たちのことも探求の対象となった。

ラヴァイヤック事件はいまにいたるまでもフランス史の大きな謎の一つであり、何世代もの歴史研究者——ジュール・ロワズルール、ジェロームとジャンのタロー兄弟、フィリップ・エルランジェ、ローラン・ムニエ等々——が解明に挑んだ。ナポリやミラノやブリュッセルでアンリ四世暗殺計画があったことは確かであり、フランスだけでなく欧州各地でアンリの死が数日前に予告されていた。最近では、スペイン領ネーデルランドの会計法院が保存していた文書をリールのノール県立資料館で調べたジャン＝クリスティアン・プティフィスが、アンリ四世が戦争をはじめる前に彼を暗殺する使命をおびた密使のパリ派遣に大公アルブレヒトが費用を払っていたことをつきとめた。「素性について、これ以上は明かせない」人物たちがフランス国内で任務を果たすために支出された金額は一五〇〇〇リーヴルであった。これは異論の余地のない事実であるが、私個人としては、宗教的信念にとりつかれたラヴァイヤックが独りで起こした犯罪だと思う。ただし、彼が国王の死を望む憎しみのこもった会話を行く先々の酒場で耳にし、無意識のうちに、激高した世論によって遠隔操作されたことは確かだ。

## アンリ四世の頭蓋骨

アンリ四世の死にまつわるさまざまな話題に、最近奇妙なエピソードが一つくわわった。革命のさなかに歴代国王の墓があばかれたとき、アンリ四世のものをふくめ、遺骨や遺骸は見物人の目にさらされ、ちょっとした損傷を受けたり、一部がもちさられたりした。一八一七年にルイ一八世が先祖の墓所の修復を命じたとき、三体は「もとのサイズより小さく」なっていた。一九一九年、ディナールの骨董屋が競売場オテル・ドゥルオで一つのミイラ化した頭部を目にし、これはアンリ四世のものではないかと感じて購入、自分の直感が正しいことを証明しようと調査をはじめた。そして、モンマルトルのテルトル広場に所有する写真スタジオでこの頭部を展示した。彼の死後にこの奇妙な遺物を相続した妹は、これを一九五五年にアマチュア歴史研究者の夫婦に売却した。最近、この夫婦の家でその存在が確認された。ジャーナリストのステファン・ガベと古文書専門家のピエール・ブレの熱心な調査が功を奏し、問題の頭部は、医師で骨考古学の専門家として広く認知されているフィリップ・シャルリエ博士と、顔の復元などを専門とするエキスパート複数名によって鑑定された。綿密な検証の結果、この頭部は良王アンリのものである確立はかなり大きい、と判定された。一連の調査は映像におさめられ、二〇一〇年一一月にドキュメンタリーとしてテレビ放映され、高視聴率をあげた。

こうしてアンリ四世は、現代のわれわれにもいたずらっぽくほほえみかけている。

〈参考文献〉

Babelon, Jean-Pierre, *Henri IV*, Paris, Fayard, nouvelle édi-tion, 2009.

——, « L'assassinat d'Henri IV rue de la Ferronnerie. Identification des lieux et pose d'une stèle comméra-tive », Commission du Vieux Paris, 17 avril 1989, *Cahiers de la Rotonde*, n° 16, 1995, p. 109-

131.

Bège, Jean-François, *Ravaillac, l'assassin d'Henri IV,* Bordeaux, Éditions Sud-Ouest, 2010.

Cassan, Michel, *La Grande Peur de 1610. Les Français et l'assassinat d'Henri IV*, Seyssel, Champ Vallon, 2010.

Cornette, Joël, *Henri IV à Saint-Denis. De l'abjuration à la profanation*, Paris, Belin, 2010.

*Dans les secrets de la police, archives de la préfecture de police*, ouvrage collectif. Dont la publication et le commentaire du registre d'écrou de la Conciergerie de 1610, par J.-P. Babelon, L'Iconoclaste, in-folio, 2008; rééditions en 2009 et 2012.

Delorme, Philippe, *Henri IV, les réalités d'un mythe*, Paris, L'Archipel, 2010.

——, *Regards sur Henri IV. Du XVIIe siècle à nos jours*, Paris, Point de vue, 2010.

Erlanger, Philippe, *L'Étrange mort d'Henri IV*, Paris, Amiot-Dumont, 1965.

Gabet, Stéphane, et Charlier, Philippe, avec la collaboration de Jacques Perot, préface de J.-P. Babelon, *Henri IV. L'énigme du roi sans tête,* Paris, Vuibert, 2013.

Garrisson, Janine, *Ravaillac, le fou de Dieu*, Paris, Payot, 1993.

Matthieu, Pierre, *Histoire de la mort déplorable de Henri IV*, Paris, 1611.

Mousnier, Roland, *L'Assassinat d'Henri IV*, Paris, Gallimard, 1964.

Pernot, François, *Qui a vraiment tué Henri IV* ?, Paris, Larousse, 2010.

Petitfils, Jean-Christian, *L'Assassinat d'Henri IV. Mystères d'un crime*, Paris, Perrin, 2009 ; coll. « Tempus », 2013.

Tharaud, Jérôme et Jean, *La Tragédie de Ravaillac*, Paris, Plon, 1922.

◆編者略歴◆
パトリス・ゲニフェイ（Patrice Gueniffey）
社会科学高等研究院およびレイモン＝アロン政治学研究センターの研究指導教授。代表的な著書に、『フランス革命と帝政の歴史』（ペラン社「テンプス」双書）のほか、とくに『ボナパルト』（ガリマール社）は評価が高く、多数の賞を受賞している。本書と同シリーズ『帝国の最期の日々』（鳥取絹子訳、原書房、2018年。ペラン／ル・フィガロ・イストワール）も監修。

◆訳者略歴◆
神田順子（かんだ・じゅんこ）…まえがき、2-10章担当
フランス語通訳・翻訳家。上智大学外国語学部フランス語学科卒業。訳書に、ピエール・ラズロ『塩の博物誌』（東京書籍）、クロディーヌ・ペルニエ＝パリエス『ダライラマ 真実の肖像』（二玄社）、ベルナール・ヴァンサン『ルイ16世』、ソフィー・ドゥデ『チャーチル』（以上、祥伝社）、共訳書に、ディアンヌ・デュクレ『女と独裁者――愛欲と権力の世界史』（柏書房）、ジャン＝クリストフ・ビュイッソンほか『王妃たちの最期の日々』、セルジュ・ラフィ『カストロ』（以上、原書房）などがある。

谷口きみ子（たにぐち・きみこ）…1章担当
フランス語・イタリア語翻訳家。上智大学外国語学部フランス語学科卒業。在学中より実務翻訳にたずさわる。訳書に、ヴィリジル・タナズ『チェーホフ』（共訳、祥伝社）、フレデリック・ルノワール『イエスはいかにして神となったか』（春秋社）、ジャン＝クリストフ・ビュイッソンほか『王妃たちの最期の日々』（共訳、原書房）がある。

王(おう)たちの最期(さいご)の日々(ひび)
上

●

2018年6月1日　第1刷

編者………パトリス・ゲニフェイ
訳者………神田順子(かんだじゅんこ)
谷口きみ子(たにぐちきみこ)
装幀………川島進デザイン室
本文組版・印刷………株式会社ディグ
カバー印刷………株式会社明光社
製本………東京美術紙工協業組合
発行者………成瀬雅人

発行所………株式会社原書房
〒160-0022　東京都新宿区新宿1-25-13
電話・代表 03(3354)0685
http://www.harashobo.co.jp
振替・00150-6-151594
ISBN978-4-562-05570-8